極上の大逆転シリーズ2024

ならば、悪女になりましょう

~亡き者にした令嬢からやり返される気分はいかがですか?~

著——雨宮れん

絵——鈴ノ助

目次

Characters
アウレリア
フィリオスの婚約者として仕えてきたデュモン侯爵令嬢。知的で独立心が強く、いつ実家を出てもいいようにとノクスを雇い商会を立ち上げる。時には変装して店に立つことも。忠誠心が厚く、王妃が願い王命によってなされた婚約を破棄するつもりはなかったが、ある事故で命を狙われた事をきっかけに復讐を決意する。
ならば、悪女になりましょう
～亡き者にした令嬢からやり返される気分はいかがですか？～

フィリオス

ゼノビア王国の第二王子。理想の王子様のように礼儀正しいが、実は自己中心的で短気な一面も。愛するリリアンの為にあらゆる手を使ってアウレリアを陥れようと画策する。

デュモン侯爵

アウレリアとリリアンの父親。家族よりも地位や名声を優先する。

リリアン

アウレリアの異母妹。無邪気で愛らしいが、裏には野心が潜んでおり、家族を味方につけてアウレリアを孤立させた。

Naraba,
akujo ni
narimashou

ノクス

アウレリアの立ち上げた商会の表向きの商会主。

エルドリック

隣国ベリアンド王国の王太子。やや俺様気質ではあるが、他人に対する思いやりは忘れない厳格で公正な人物。遊学のためゼノビア王国に訪問中、アウレリアと出会う。

プロローグ

ゼノビア王国の王都。その中心にある大聖堂には、多数の貴族が集まっていた。

今日、ここで第二王子フィリオスの婚約者、アウレリア・デュモン侯爵令嬢の葬儀が執り行われるのだ。

本来、大聖堂では王族の葬儀しか行わないのだが、『よくしてくれた婚約者を見送ってやりたい』というフィリオスのたっての願いにより、準王族として、ここでの葬儀が許された。

参列者達を見下ろす女神像には、ステンドグラスの光が柔らかく降り注いでいる。

アウレリアは、馬車で別荘に向かった時、盗賊に襲われて行方不明となった。そのため、女神像の足元に置かれた棺の中身は空っぽだ。

遺体は獣に食われてしまったのだろうというのが、捜索にあたった者達の見解だった。

デュモン侯爵家の人々は、一様に悲痛な面持ちだ。唇を結び、真っすぐ前を向いている侯爵。ハンカチを目元にあてがう夫人と侯爵家の次女リリアン。

それを見守る者達は、複雑な想いを胸に抱いていた。

アウレリアとリリアンの間の確執は、参列している貴族達の間では暗黙の了解だ。

侯爵夫人は、元平民で侯爵の愛人だった。アウレリアの生母である前の侯爵夫人が亡くなったあと、侯爵家に入ったのである。

それだけならば不仲にはならないかもしれないが、フィリオスとリリアンが、逢瀬を重ねているという噂《うわさ》もあった。アウレリアと異母妹の仲がしっくりいっていなくとも、不思議ではない。

だが、その事実について、この場で語る者はいない。皆、口をつぐみ、死者を悼んでいる。

参列者達は、ひとりひとり、空の棺に一輪の花を投じていく。百合、薔薇《ばら》、菊にカーネーション。そのどれもが白い花だ。

「……彼女は、とても聡明な人であった。会話をかわしたのは一度だが、惜しい人物を亡くしたものだ」

そうつぶやいたのは、隣国ベリアンド王国の王太子エルドリックであった。

彼は、この国に遊学のために滞在しているのだが、わざわざ葬儀に参列したらしい。

エルドリックは白い薔薇を額《ひたい》に押し当て、そしてそれを棺にそっと置く。

人々の目が、彼に吸い寄せられた。彼の行動は、義理での参加ではなく、本当にアウレリアの死を悼んでいるかのようだ。

そして、最後のひとりが花を捧げたところで並んで出てきたのは、アウレリアの婚約者であるフィリオスと異母妹のリリアンだった。

ふたりとも喪服に身を包んではいるが、顔には微笑《ほほえ》みが浮かんでいる。葬儀の場にはふさわしくない晴れやかな笑みが。

「皆に聞いてほしいことがある。私は、リリアン・デュモン侯爵令嬢と結婚することに決めた」

リリアンの肩を抱くようにして、フィリオスはそう宣言する。笑みを浮かべたまま。

うっとりと彼を見つめるリリアンも、同じように微笑んでいた。先ほどまでの涙は、どこに行ってしまったのだろう。

「アウレリアは、痛ましい事件で亡くなった。私は、愛しい婚約者を殺した盗賊達を許すつもりはない。彼らを根絶やしにすると――私は、誓う。リリアンと共にアウレリアの遺志を継ぎ、この国のために役立つ人間になる、と」

「――殿下！」

そう宣言するフィリオスと、彼に寄り添うリリアン。まるで、この世界にはふたりしかいないかのように、彼らの目には互いの姿しか映っていない。

だが、その時、カツーンという高い靴音が響いた。

参列者達は一斉に、入口の方を振り返る。

そこに立っていたのは、ひとりの女性だった。真っ黒な喪服に身を包み、黒いベールで顔を隠している。ベールの下からちらちらとのぞく唇は、赤く塗られていた。

ほっそりとした首には、黒真珠のネックレスが巻きついている。白い百合を手に、彼女は一歩一歩、女神の方に歩き続ける。

歩みに合わせて響くヒールの音。死の天使が、まるでそこに舞い降りたかのようだった。

集まっている者達は、ただ、歩く彼女を見守り続けるだけ。

彼女は真っすぐに棺に近づいた。美しい仕草で、唇に百合を押しつけ、そして無造作にそれを棺に投げ入れる。

誰何《すいか》の声に、彼女はゆるゆるとベールを上げた。赤い唇の両端が、ゆっくりと上げられる。

「……私も、お別れをしたいと思ってまいりましたの——今までの私に」

もしかすると、彼女の顔が見える前から予期していた人もいたかもしれない。

現れたのは、本日の主役。亡くなったはずのアウレリア・デュモンの顔。

美しい顔に、壮絶な笑みを浮かべ、彼女は口を開いた。

「お久しぶりでございます、殿下。ならびに、デュモン侯爵家の皆様」

——さあ、ここから復讐を始めよう。

心の中のその声に気づく者はいなかった。

第一章　悪女と呼ばれた侯爵令嬢

煌々と照らされるシャンデリアの光。集まった男女の身を飾る宝石の煌《きら》めき。ゼノビア王国の王宮で開かれている舞踏会は、今夜も華やかだ。

楽師達は、流行の曲から王宮で奏でられるにふさわしい円舞曲まで、次から次へと奏で続けている。音楽に合わせて、紳士淑女達はダンスに興じ、盃を掲げて会話に興じている。宴は最高潮に達しようとしていた。

（殿下は、どこに行ってしまったのかしら）

アウレリア・デュモンは、長い睫毛に縁どられた青い目を伏せた。デュモン侯爵家の長女であるアウレリアは、この国の第二王子フィリオスの婚約者である。

今日の彼女は、目の色に合わせた青いドレスを身にまとい、装身具はサファイアで統一していた。

亡き母のドレスを直したものだが、職人の手を借りて仕立て直したために目につくほど古臭くはない。若い女性にしては地味ではあるが、初夏の夜にふさわしい爽やかな装いだ。

アウレリアの顔には浮かない表情があった。

このところ、婚約者のフィリオスとの仲がうまくいっていない。いや、以前からうまくいってはいなかったのだが、最近それが急加速している気がする。

王妃のお声がかりでフィリオスと婚約したのは、今から三年前のこと。当然ながら、フィリオスにもアウレリアにも選択の余地なんてなかった。

それでも、最初の頃はよかったのだ。ぎこちないながらも、会話をしようとする努力は双方に見受けられたから。

……でも。

フィリオスは、すぐにその努力を放棄した。

共に夜会に出席する時、入場まではエスコートしてくれても、すぐにフィリオスが姿を消すようになったのはいつだっただろう。このところ、エスコートすらしてもらっていない。

王宮の茶会に招かれても、フィリオスが姿を見せなくなったのは、ここ半年ほどだろうか。

（……愛されて結婚できるなんて、期待はしていなかったけれど）

この扱いはあんまりである。

軽やかにくるくると回る男女が、アウレリアの目に飛び込んでくる。

最後にフィリオスとダンスをしたのは、いつだっただろうか。三か月前？　半年前？　いや、もっと前だったかもしれない。

頭を振れば、背中に流していた金髪が揺れる。揃《そろ》いのサファイアの耳飾りも。

（……ああ、いたわ）

アウレリアの目が、多数集まっている人達の中からようやく婚約者を見つけ出した。彼の側には、アウレリアの異母妹、二歳年下のリリアンがいる。

リリアンは今年社交界にデビューしたばかりで、まだ婚約者は決まっていない。

彼女がまとうのは、年齢にはやや幼いと思われるピンクのドレス。レースとフリルが多数あしらわれているそれは、自分の愛らしさを十分理解しているリリアンでなければ着こなせない。きりっとした印象のアウレリアとは異なり、リリアンは愛らしさの方が先に立つ。年齢より幼いドレスの好みもそうなのだが、言動が貴族の娘としては幼すぎるのだ。

だが、それもしかたのないことなのかもしれない。

母は、アウレリアが十歳の時に亡くなった。今にして思えば、両親の仲は最初から冷めていたと思う。

父であるデュモン侯爵は、母の喪が明けるとすぐにリリアンとその母、現在の侯爵夫人を屋敷に招き入れた。

ふたりが屋敷に来た当初は理解できなかったのだが、十八にもなればわかる。母が生きていた頃から、父は平民出身である現在の侯爵夫人と関係を持っていた。

そうでなければ、リリアンが生まれるはずはない。

平民として育ってきた期間があるからか、今になってもリリアンの言動には貴族らしからぬところが多々見受けられる。

それでもいい、むしろそこが新鮮でいいと喜ぶ若い男性も多く、今は、誰と婚約を結ぶべきか真剣に考えているようだ。

（お父様も、私の時とは違って、リリアンが幸せになれる相手を探すでしょうしね）

ふと、そんな皮肉な考えが浮かんでしまう。

父はアウレリアの結婚を、王家と繋《つな》がるためという理由で決めた。アウレリアも文句は言わなかった。貴族の家庭とは、そんなものだと思っていたから。

父がアウレリアに向ける目とリリアンに向ける目もまた明らかに違っていた。リリアンには愛おしくてしかたないという目を向けている。

両親は政略結婚だったと聞いている。

けっして怒鳴り合うような険悪な仲ではなかったが、家庭的な温かさというものはそこには存在しなかった。

だが、継母とリリアンが来てからは、屋敷の様子は一変した。

いたるところに響く、リリアンの明るい声。そして、それをよしとする父。同じことをアウレリアがやったならば、「はしたない」と叱りつけただろうに。

（余計なことを考えても、しかたないわね）

そっと、自分のドレスを見下ろしてみる。

最後に新しいドレスを仕立てたのはいつだっただろうか。アウレリアに服飾費はほとんど与えられていないから、母のドレスを仕立て直して着用している。

身を飾るサファイアだって、母が遺してくれたもの。

継母と異母妹を屋敷に招き入れて以来、父はアウレリアには見向きもしなくなった。

侯爵家の娘として、必要最低限身なりを調えるのも難しくなっているのを、彼は気づいているだろうか。アウレリアも、新しいドレスを仕立てるためのお金が欲しいと言い出しにくいのは否定しないけれど。

母が遺してくれた財産もあるが、結婚するまで使えないよう設定されている。

「……アウレリア様、あそこにひとりでいらっしゃるわ」

不意に耳に飛び込んできたのは、悪気のない年配の夫人の声。

婚約しているのに、ひとりで壁際に突っ立っているアウレリアはまさしく壁の花。

そんな彼女の様子が、年配のご婦人達には気になってしかたがないらしい。アウレリアが、未来の王子妃であるならばなおさら。

(王子妃になるのなら、噂されても、上手にやり過ごしなさいってことなのでしょうね)

でも、と心のどこかで考える。

誰が、アウレリアに近づこうと言うのだろう。

未来の夫、王子にこんなに疎まれているのに。

フィリオスを囲うようにして集まっている令嬢達は、皆リリアンの友人だ。

ひとりで立っているアウレリアの方に目を向けては、時々ひそひそと扇の陰で囁《ささや》き合う。とても感じが悪いのだが、対抗する術はなかった。

まっすぐに背を伸ばし、彼女達の視線を真正面から受け止める。唇には小さな微笑みを浮かべて。

彼女達には負けないという意思表示だが、できるのはこのぐらいだ。

「デュモン侯爵令嬢、あれを放っておいていいのか？」

不意に横から声をかけられて、アウレリアは飛び上がりそうになった。向き直ると、そこに立っていたのは隣国からの客人である。

遊学のためにこの国を訪問中のベリアンド王国の王太子、エルドリック・ヴァンデール。

ベリアンド王国とこの国の仲は良好だ。国の規模でいえば、ベリアンド王国の方が大きい。大陸一の勢力を誇っており、本来ならば彼がこの国で学ぶべきことはない。

（いいえ、違うわね……）

十年ほど前に流行した穀物の病の影響から抜け出すことができず、近年、この国の農業は衰退している。

まだ公にはされていないが、ベリアンド王国の援助により、新たな品種の栽培に取り組むことになっている。遊学は表向きのこと、実際には彼がその交渉を任されているのだろう。

婚約者のいない彼もまた、先ほどまで年頃の令嬢達に囲まれていた。いつの間にここまで移動してきたのかわからない。

「し、失礼いたしました。まったく気づかず……」

腰を折り、謝罪の言葉を口にすれば、エルドリックは目を細めた。

並んで立ってみると、女性の平均身長よりやや背が高いアウレリアよりも、彼は頭ひとつ分背が高かった。

優美な貴公子の印象の強いフィリオスとは違い、よく鍛えられているからか、頑強な印象だ。仕立てのいい夜会服が、彼の体格のよさを際立たせていた。

騎士団と一緒に訓練をしていると聞いたのは誰からだっただろうか。

黒い髪は、今はきちんとセットされているが、おそらく普段は崩しているのだろう。そう思うのは、彼の顔にアウレリアの置かれている状況をどこか面白がっている表情が浮かんでいるからだ。

「あれを、放っておいていいのかと聞いたんだが」

エルドリックが目線で示したのは、リリアンと熱心に話し込んでいるフィリオスの姿である。アウレリアとエルドリックが並んで立っていることに気づいてすらいないらしい。

見慣れた光景だ。いまさら、傷つくほどのことでもない。

「……しかたがありませんわ。人の心は縛れませんもの」

アウレリアにできることといえば、なんでもないふりをして肩をすくめるぐらい。エルドリックの灰色の目が、鋭くアウレリアをとらえた。

（……変な気分）

エルドリックとふたりで会話をするのは、これが初めてである。

アウレリアが望めばエルドリックと対話する機会ぐらいもうけられただろう。一応これでも、侯爵家の娘で、第二王子の婚約者である。

だが、客観的に判断すれば、エルドリックは魅力的な男性である。

それを考えれば、フィリオスという婚約者がいる以上、異性と親しく接するのははばかられた。

エルドリックの視線は、アウレリアを捕らえようとしているみたいに、離れようとはしない。

「人の心は縛れない、か」

「そうではありませんか？　殿下は今、楽しんでいらっしゃるのです。そこに私が口を挟むことはできません」

たしかに婚約者であるアウレリアを放置し、他の女性と話し込んでいるフィリオスの行いは褒められたものではない。

だが、密室で話し込んでいるのならばともかく、広間の片隅。それにふたりきりではなく、リリアンの友人達も一緒だ。

未来の義妹と友好を深めていると言われてしまえばそれまでで、その間に割って入るのは、フィリオスもいい気はしないだろうし、アウレリアが狭量なように他の人の目に映りかねない。アウレリアがためらう理由は、そこにもあった。

「……なるほど」

やはり、エルドリックは面白がっている。彼は、唇の端を上げた。

婚約者を放置して他の女性と話し込んでいる王子なんて前代未聞だ。嫉妬したそぶりも見せず、それを当たり前のように受け入れる王子の婚約者も。

「……それなら、一曲お相手願えるか？」

なにを考えているのか、まったくわからない笑みと共に、エルドリックはアウレリアに手を差し出した。

その手を取るべきか否か迷ったのは、彼と踊りたい令嬢には山ほど心当たりがあったからだ。

アウレリアの迷いに気づいたように、こちらにわずかに上半身を寄せた彼は、ひそひそと囁いた。

「デュモン侯爵令嬢なら、婚約を迫られることはないだろう。もう、相手は決まっているのだから。それに、隣国からの客人を退屈させないようにするのも、王子妃の役目じゃないか？」

「そうですわね……そういう言い方もできるかもしれませんわね。まだ王子妃ではありませんが」

必要以上に出しゃばらないようにはしてきたが、王子の婚約者という立場もある。未来の王族として、賓客をもてなすのも仕事のうちといえなくもない。

エルドリックは、流れるような仕草で、アウレリアを広間の中央へと連れ出した。

（……踊りやすいわ）

久しぶりのダンス。しばらく練習すらしていなかった。

エルドリックとは初めてのダンスだが、婚約者のフィリオスと踊るよりもずっと踊りやすかった。

エルドリック自身、巧みな踊り手だ。彼のステップに迷いはない。

アウレリアをターンさせる時、背中に手を添えて引き寄せる時、いかにアウレリアが美しく見えるかを計算し、そしてその通りにやってのける。

リズムは完璧で、足を踏んでしまうのではないか、踏まれてしまうのではないかという心配をする必要もまったくなかった。これほど巧みな踊り手に出会う機会も少ない。

最初のうちは他の人の目が気になっていたのが、すぐにそれも消え失せた。

楽しい。こんなにもダンスが楽しいと思ったのは、初めてかもしれない。

多数の人が踊っているフロアを滑っていきながらも、この世界にふたりしかいないのではないかと錯覚してしまうほど、彼の目はアウレリアだけをとらえていた。

それに気づいて、背がぞくりとする。彼がなにを望んでいるのか、予想もできなかった。

「まだ速くなっても大丈夫か？」

「問題ありません……ええ、大丈夫です」

音楽が激しいものに切り替わっても、エルドリックはまったく焦らなかった。

右、左、と巧みにステップを踏み、アウレリアを回転させ、少し離れてはまた引き寄せる。

ふたりの位置を入れ替えたかと思えば、再びアウレリアをくるりと回し、そしてまた新たなステップへと導く。

こんなにも自分の足が動くのかと、アウレリア自身驚いてしまうほどだった。

いつまでも、こうしていられればいいのに。

（……でも）

楽しい時間は、あっという間に過ぎ去ってしまうもの。

そして、相手が隣国からの客人であっても、身分のある相手であっても、続けて踊ることはできない。何曲も続けて踊れば、ふたりが親しい仲であると周囲に見せつけることになる。

曲が終わるのと同時に、アウレリアは丁寧に一礼した。

「ありがとうございました、殿下。私は、あちらに戻りますね」

「……こちらこそ、感謝する」

エルドリックは、最初に声をかけてきた場所へとアウレリアを連れ戻してくれた。

彼の手が離れていくのを、なんとなく寂しいと思ってしまった。婚約者のいる身、こんなことを考えるのは間違っているのに。

「殿下、ありがとうございました。素晴らしい時間でした」

エルドリックに向かって丁寧に頭を下げ、顔を上げた時、貴族令息達と共にいるフィリオスが、遠くからこちらを睨《にら》みつけているのに気づいた。

自分は他の女性と話し込んでいたとしても、アウレリアが同じことをするのは許しがたいらしい。

（……義理は果たしたものね、帰りましょう）

もし、フィリオスが真摯にアウレリアに向き合ってくれていたとしたら。

アウレリアも途中で王宮の夜会から立ち去ろうとはしなかっただろう。

これ以上、ここにいたところで、彼がアウレリアに声をかけてくる可能性はない。絶対に、ない。

「俺も楽しかった――また、近いうちにどこかで」

エルドリックが、アウレリアとの再会を期待しているような言葉を口にする。それを本気にするはずはなかった。

もう一度頭を下げ、彼と別れた。

だが、エルドリックとアウレリアのダンスは、思っていた以上に注目を集めていたらしい。

アウレリアがエルドリックから少し離れたところで、リリアンが近寄ってきた。

「お異母姉様《ねえ》、婚約者がいるのに他の方と親しくするのはどうなのかしら？　お異母姉様だって、ふしだらとは言われたくないでしょう?」

続けられた言葉にエルドリックが肩を揺らすのを、アウレリアは視界の隅でとらえた。そんなに面白い発言だっただろうか。

人の婚約者から離れようとしなかったのはリリアンなのに、アウレリアにふしだらの烙印を押したいらしい。

「エルドリック殿下は、私が退屈しているのではないかと、親切に声をかけてくださっただけ。それに、一曲しか踊っていないもの。それをふしだらと言うのであれば、婚約者のいる女性は誰ともダンスができないことになってしまうわ」

今夜もフィリオスはアウレリアをエスコートすらせず、リリアンにべったりだった。周囲の目が向けられているのにようやく気づいたらしいリリアンは、口を閉じる。

「先に帰るわ」

むっとした顔になったリリアンにそう告げ、再び歩き始める。ちらりと視線を投げると、リリアンはエルドリックに声をかけているところだった。

「エルドリック殿下、異母姉に深くかかわってはいけませんわ。身内の恥をさらすようですが、婚約者を放置して遊びまわって……」

さっそくエルドリックにアウレリアの悪口を吹き込み始める。だが、戻って彼女の言葉を訂正する気にはなれなかった。

訂正したところで、リリアンが言葉の刃を止めるはずもない。

信じるか否かは相手次第だけれど、エルドリックはリリアンの言葉を信じないだろう。なぜか、そう思えた。

屋敷に戻る馬車の中、両手を胸の前で組み合わせ、何度も自分に言い聞かせた。

（……大丈夫、私は大丈夫）

どんな扱いを受けようが、デュモン侯爵家の娘である自尊心を捨ててはならない。

フィリオスとの婚約は、王妃のお声がかり。こちらから解消するなんてできない。少なくとも、今はまだ。

どれだけ悪評を立てられても、理解してくれる人はきっといる。そう、エルドリックみたいに。

（なんで、あの方はリリアンの言葉を信じないって思えるのかしら）

それは、今考えてもしかたないか。

座席の背もたれに背中を預け、深くため息をつく。

エルドリックと、これ以上親しくなることはないだろう。それよりも、自分の立てた計画を見失わないようにしなくては。

エルドリックとダンスをした翌々日。

アウレリアが向かっているのは、ノクス商会という商会が経営している店舗のうちの一軒だった。

ノクス商会は、ゼノビア王国内でも近頃力をつけてきた人気の商会だ。商会長のノクスが、独立して商会を立ち上げたのは、今から六年前のこと。

デュモン侯爵家で働いていた彼は、侯爵家でもののよしあしを見抜く目を養ってから独立し、一気に商会を大きくした、というのが世間の見解だ。

「おはよう、ノクス。今日一日よろしくお願いするわね」

「いらっしゃいませ、アウレリア様。支度はこちらに」

ノクスは、もうすぐ三十歳。働き盛りだ。

そして、アウレリアが今入ったのは、ノクス商会の持つ商店のひとつ、宝飾品を商う店だった。『リアーネ』と名づけられたこの店は、近頃若い女性に人気の店だ。

店の奥では安価な装身具や、リボン、ハンカチといった雑貨を陳列している。いずれもノクス商会専属契約の職人が作ったものか、大陸中の国々から輸入してきた品々だ。

ここに来れば、他の人とは少し違うものが手に入ると、お洒落に敏感な女性達がこの店に集まってくる。

店の作り的には平民向けなのだが、価格帯は少し高めで客層の中心は裕福な若者。貴族達もひそかにこの店を訪れる。

従業員は男女とも見目麗しい者に限られており、彼らのアドバイスを受けながら買い物ができるのも売りだ。

そして、別料金で店の二階にある個室を借りた場合、お茶と茶菓子が提供され、店の従業員が商品を室内まで運んでくる。

客と対話しながら、従業員達は似合いそうなもの、おすすめのもの等を選ぶ。

個室の客には、店の商品すべてに加え、表には出していない特別な商品も見せるため、これが貴族の特権意識をくすぐるのだ。平民を主な客層としたこの店に、貴族がやってくるのもこれが大きな理由だ。

「アウレリア様が、わざわざ店に立つことはないでしょうに」

「違うわ、ノクス。今の私は『ミア』でしょう?」

店の奥の部屋を借り、着替えて出てきたアウレリアは満面の笑みで言い放った。

ノクスの名を冠してはいるが、ノクスはこの商会の唯一のオーナーではない。共同出資者として、アウレリアも名を連ねている。

今から八年前、母が亡くなった直後から、アウレリアは自分の身を守る術が必要だと考えるようになった。商会を立ち上げてはどうだろうと思いついたのは、その二年後、十二歳になった頃だ。

そして、自分の商会を立ち上げるために貴族との伝手《つて》を求めて侯爵家に働きにきていたノクスに目をつけた。ノクスの働きぶりは、他の使用人達と比較しても際立っていたのだ。

自分で商売を始めたかったけれど、当時のアウレリアはまだ未成年。ひとりでは行動できない。

商会の顔になれる能力があり、味方になってくれる大人が必要だったアウレリアは、ノクスに共同出資で商会を立ち上げないかと持ちかけた。

ノクスに目をつけて交渉したあの時の自分は、我ながら冴えていたと今でも思っている。あの頃は、王子の婚約者になるなんて考えていなかった。いつか、家を離れ、平民として暮らすことも念頭に置いていた。

ノクスへの出資も、貴族に好まれそうな商品を集めるのも、いつか独立するための準備だったのだが、自分で店に立つようになってみると意外と楽しい。

「……アウレリア様、あなたが店に立つ必要はないんです」

「お願い、ノクス。いつまでも続けていられないでしょう？　ぎりぎりの時まで、こうしていたいの。お客様の声を直接聞く機会はとても貴重だから」

今のアウレリアは、目立つ金髪の上に茶髪の鬘《かつら》をかぶっていた。茶色い髪に青い目は、平民の間でもそこそこみられる組み合わせだ。

いつもはきりっと見えるように化粧をしているのが、垂れ目に見えるように、研究を重ねた巧みな化粧で、顔立ちまで違っているように見せかけている。

知り合いがこの店を訪れたとしてもバレない自信はある。いや、今まで何度か知人がこの店を訪れたのだが、誰も気が付かなかった。

「……そうだね。君は、いつまでもここに来られるわけではないからね」

態度を『ミア』に対するものに変えたノクスが、ため息をつく。

今は、時々こうして屋敷を抜け出てこの店に来ることができているけれど、王子妃になったらそれもできなくなるだろう。

正式に王子妃になる前に、店の権利関係はきちんとしておいた方がいい。

わかっていてもぐずぐずしてしまっているのは、まだ婚儀の日まで時間があるからだ。

今のフィリオスの態度を見ていれば、近いうちに破談を言い渡される可能性は否定できない。

破談になった時、アウレリアに明るい未来はない。

三十も年の離れた男に嫁がされるかもしれないし、あるいは、修道院に送られるかもしれない。それを避けるために逃げるにしても、その先を考えれば、店から完全に手を引いてしまうのも怖かった。

だから、もう少し、もう少しだけ、ノクス商会での仕事を続けたい。

「……いらっしゃいませ！」

ミアとして店に出たアウレリアは、明るい声を張りあげた。

女性従業員が身にまとう制服は、貴族の屋敷で働くメイドの服を模している。茶色のワンピースに、白いフリルのついたエプロン、そしてボンネット。男性の従業員は、白いシャツに黒の上着と黒のトラウザーズ。そして、黒いエプロンの組み合わせだ。

「二階の部屋、いいかしら？」

声をかけられたアウレリアは、「嘘でしょ！」と心の中で叫んだ。

開店早々やってきたのは、異母妹のリリアンである。彼女は、ふたりの令嬢と一緒だった。クラーラ・ベネディクト伯爵令嬢、そして、エミリー・ヴォーン伯爵令嬢である。ベネディクト家とヴォーン家は、デュモン家と親しい関係にある家だ。

「申し訳ございません、本日、二階の部屋はすべてご予約が入っておりまして」

貴族が相手なので、アウレリアは深々と申し訳なさそうに頭を下げた。リリアンと顔を合わせたくなかったからではなく、本当に予約が入っているのだ。

ここまで間近で話しているのに、三人ともアウレリアに気づかないのにはびっくりだ。リリアンが入ってきた時にはどうしようかと焦ったが、堂々としていれば問題なさそうだ。

「あら、そうなの？　そうね、予約を入れるのを忘れていたわ。でも、どうにかならない？　デュモン侯爵家とはいい関係を築いておきたいでしょう？」

いきなりリリアンが家柄を盾にして圧力をかけ始めたところで、ノクスがすすっと近づいてきた。

そして、ひそひそとリリアンに向かって囁く。

「二階の部屋は予約が入っているのですが、三階にお部屋をご用意いたします。もし、よろしければそちらに……」

「三階？」

リリアンは首を傾げ、アウレリアは思わず声をあげた。

三階は商会を訪れる客人と面会をするための部屋だ。

貴族の使いが商談に訪れることもあるため、室内は貴族の屋敷に置かれていても見劣りしないだけの調度品で整えている。

今まで、予約をしていなかった客のために三階を解放したことはなかった。

「会長、ですが……三階は」

「今日は、会議の予定はないから大丈夫だよ。デュモン侯爵家の方を、このままお帰しするわけにもいかないだろう」

ノクスとアウレリアは対等の立場であるが、今はノクスの方が上司である。ミアとしてここにいる以上、アウレリアは彼の指示に従うべきだ。

「では、ミア。三階を支度してきて」

「かしこまりました」

ノクスの命令で階段を駆け上がったアウレリアは、素早く室内を見回した。

いつ使っても問題ないように、室内はきちんと掃除されている。花も新しいものが飾られている。

テーブルクロスを直し、銀の食器をテーブルに並べた。

「この部屋、いつもは使わないの？」

「ええ。ここは仕事のための部屋ですので。お嬢様達には少々無骨かもしれませんが」

商会長自ら接客するつもりらしく、ノクスがリリアン達を案内して、室内に入ってきた。

「なかなか素敵！　平民の店にしては悪くないわ。クラーラもエミリーもそう思うでしょう？」

無邪気に話すリリアンは、ノクスが元侯爵家の使用人であったことには気づいていない。

使用人としては下級に属していたため、彼が働いていた間、リリアンと接する機会はほとんどなかったのだ。

「ミア、お茶をお持ちして」

「はい、会長」

普段は接客しないノクス自ら接客することに、リリアン達は優越感を抱いているようだった。

もっとも、ノクスがこちらの店舗に来ることも珍しいのだ。

いつもは、別の場所に構えている商会の本部にいる。今日は、アウレリアがこちらに来るというので、わざわざ顔を見に来てくれたのだ。

この店では、上客は個室で接客されるのが決まりだ。ミアとしてアウレリアはノクスの指示に従い、若い貴族の女性に好まれそうな商品を選んで会議室に運ぶ。

「あら、このお茶おいしいわ」

「茶をいれたミアの腕も悪くないのですが、隣国のサンルーブ茶園から仕入れた最高級の茶葉なのですよ」

「お店の商品？」

「さようでございます」

アウレリアのいれたお茶は、近頃新たに取引を始めたサンルーブ茶園から仕入れたものだ。何種類かの茶葉をブレンドし、今までにない味わいを作り出している。

香りがよく、後味はすっきり。甘い菓子によく合う茶葉だ。

「気に入ったわ。このお茶もいただくわ」

「かしこまりました」

リリアンは、お茶が気に入ったようで買い求める商品に追加した。茶葉だけではない。貴族の女性の社交の場である茶会には欠かせない可愛らしい焼き菓子や土産用の小物もこの店には用意されている。テーブルを飾るための品々も。

「それにしても、お異母姉様には困ったものだわ」

ほう、と頬《ほお》に手を当て、リリアンはため息をついた。

「婚約者の殿下を放っておくのだもの。私がお異母姉様なら、きちんと婚約者の方に向き合うわ」

「ええ、リリアン様ならそうですよね」

「私も、アウレリア様の行動はいかがなものかと思いますわ」

最初にエミリーが、次にクラーラがリリアンの言葉に同意する。

アウレリアがすぐ側にいるとも知らない三人は、悪口を言いながら、商品を選んでいる。もちろん、テーブルに置かれているティーカップや焼き菓子に手を伸ばすのも忘れずに。

「リリアン様、こちらのリボンはどうでしょう？」

「あら、その色は私には似合わないわ。クラーラ嬢ってば、センスがないのね」

クラーラが差し出したリボンにちらりと目をやったリリアンは鼻を鳴らして視線をそむけた。

クラーラの口角がきゅっと下がる。

「リリアン様、ですが、こちらのリボン、ラグール王国の品ですわ。なかなか手に入らないのですよ……髪飾りにしたら、後ろ姿が引き立つと思いますわ。お髪の色にはよくお似合いですもの」

エミリーがそっと友人の失態をカバーする。

クラーラの差し出したリボンは、ブドウ色のもの。たしかに、リリアンの肌の色には合わないかもしれないが、髪の色にはとても合う。

「エミリー嬢がそう言うのなら……そうねえ、クリスタルと合わせて髪飾りにしたら、素敵だと思う？」

「ええ、お似合いですわ！」

クラーラが必死に自分の失態を挽回しようとする。

（……ふたりも大変ね。リリアンの機嫌を取らないといけないのだもの）

よけいな口を挟まない従業員のふりをして、アウレリアは三人の会話を聞いていた。

三人の関係はたんなる友情ではなく、明らかに上下関係がある。

侯爵家の娘であるリリアンと、家のためにリリアンとのつながりを切るわけにはいかないクラーラとエミリー。

貴族社会ではあちこちでこういう関係は見られるから、別に珍しいものでもない。特に、ふたりの家は、デュモン侯爵家の繁栄から大きな恩恵を受けている。両家の親も、娘にリリアンの機嫌を取るようにと言い聞かせているのだろう。

結局、アウレリアが側にいるのに気づかないまま、三人は機嫌よく買い物を終えて帰っていった。

「……まさか、まったく気づかないとは思ってもいませんでしたよ」

「ああいう人達は、自分の見たいものしか見ないのよ」

見送りに出たノクスが呆れたように言うのに、アウレリアは笑って返す。

一瞬ひやりとしたけれど、本当に気づかれなかった。終わってしまえば、笑い話だ。

「あれが貴族ってあなたもわかっているでしょうに」

「ですが、リリアン様とは仮にもご姉妹ですのに……」

接客をしていたノクスも、当然リリアン達の口にした悪口をさんざん聞かされていた。思い出したのか、渋い顔だ。

「私を姉だと思ったことなんて、一度もないでしょうね」

父から疎まれているアウレリア。父に、そして継母に溺愛されているリリアン。

リリアンからしたら、アウレリアなんて大切な家族の中に割り込んできた異分子でしかない。最上級の評価でせいぜい居候だ。

「……そうね、いつかはあの家を出たいと思っているけれど」

王子妃になんてなりたくない。早くフィリオスが、破談にしてくれればいいのに。

リリアン達を見送ったあとも、アウレリアは忙しい。ミアとして店に立ち、顧客の興味がどこに向いているのかを自分の目で確認する。

それが終わったら、ノクスと次に仕入れる商品の打ち合わせ。そして、ノクスが入手してきた貴族についての情報も確認する。

自分の身を守るのに情報は必要だし、様々な貴族の屋敷と取引をしているノクスならば、その情報を入手するのもたやすい。

ノクスは自分の仕事部屋に入り、アウレリアは一階での接客に戻った時だった。

いらっしゃいませ、と口にしかけそこで固まる。供も連れず、ひとりで入ってきたのは、一昨日の夜、顔を合わせたエルドリックだった。

「い、いらっしゃいませ！」

店に入ってきた客が誰であれ、放置するわけにはいかない。慌てて自分を叱咤し、声をあげると、思っていた以上に裏返った声が出た。

(私、なにをやっているのかしら……)

ミアとして店に立つようになって一年以上。

たしかに毎日店に出ているわけではないが、かといって素人でもない。だが、エルドリックを見ただけで、こんなにも緊張してしまっている。

「……ん？」

だが、アウレリアの様子を見たエルドリックは、首を傾げた。

(まさか……)

アウレリアの背中を、冷たいものが流れ落ちる。

ミアとしての変装は完璧だ。同じ屋根の下で暮らしているリリアンでさえも、アウレリアの正体に気づかなかったほど完璧だ。

親しく口をきいたのは一昨日が初めてのエルドリックに気づかれるはずはない。他の店員に声をかけてほしいと願ったけれど、その願いはかなわなかった。

「……手を貸してくれ」

「か、かしこまりました！」

上客は店の二階に通すのだが、あいにくとすべて埋まっている。

先ほどのリリアン達と同じように三階に案内しようとしたら、エルドリックは、手でアウレリアを制した。

「ここで構わない。自分の目で見るのが好きなんだ」

そんなことを言われても。

だが、一介の店員にしかすぎない『ミア』が、『貴族』の言葉に反対するわけにもいかない。

平民の『ミア』は相手が隣国の王太子であることには気づいていなくても、服装から判断すれば身分の高い人であると判断できなければならないのだ。

「なにをお探しでしょう？」

「十三の娘に贈る品を探している。日常的に使えるものがいいんだが」

「お相手の方は、貴族ですか？　平民ですか？」

「……貴族」

答えるのに、一瞬間が開いた。相手が貴族ならば、ここに並ぶ商品は適さない。

いくら、キラキラしているように見えるとはいえ、飾り物についている石の品質はさほどよくないし、他の素材もそれなりのものだ。

ここはあくまでも、裕福な平民向けの商品。生活に苦しい下級貴族ならばまだしも、エルドリックが貴族の令嬢に贈る品にはふさわしくない。

「でしたら、やはり上へどうぞ。こちらに並ぶのは、平民向けの……その、さほど高価ではない品ですので、貴族の方への贈り物には適しません」

「わかった。それなら、いいようにしてくれ」

「ご案内いたします」

会議室は、先ほど綺麗に片づけたばかり。

エルドリックをこのままここに立たせておくより、案内してから必要な品々を並べた方がいい。

三階まで案内して、すぐにノクスのいる事務室へ駆け込む。

「エルドリック殿下がお見えよ。私が接客するので、若い貴族令嬢向けの商品をありったけ運ばせてくれる？　贈り物ですって」

「すぐに手配します」

ひそひそと囁き合い、すぐにアウレリアは三階に戻る。三階にアウレリアが客を案内するのを見ていた従業員は、早くも飲み物を準備して待っていた。

「ありがとう。あとは、会長と私に任せて」

従業員の中でも、アウレリアとノクスの関係を知る者は少ない。あくまでもアウレリアのことは『ミア』として認識している者の方が多い。

「頑張ってください……」

「ええ、粗相がないように気をつけるわね」

案内されたのが誰なのかまではわからなくとも、身分ある人であることはすぐに認識したらしい。緊張に青ざめながらも、アウレリアに励ましの言葉をかけて、従業員は引き上げていく。

「お待たせいたしました。商会長のノクスでございます」

土産物によさそうな商品を、山のように持った従業員を三人従えたノクスがやってくる。

運ばれてきたのは、商会専属職人が作ったものや、海の向こう側から輸入したものなど、ベリアンド王国では珍しいであろう品々だ。もちろん、隣国のベリアンド王国から輸入した商品はすべて外されている。

ベリアンド王国は、レースの製造で有名で、腕のいい職人を多数抱えている。

この店で商っているレースの中にはベリアンド王国からの輸入品も多いが、ノクス商会の専属職人が考案した図案で織ったレースは、ベリアンド王国では珍しいだろう。

本来は使われない小粒の宝石をたくさん集めて作られた装身具も。

「ミア、説明を頼むよ」

「かしこまりました」

ノクスが挨拶を終えるのを待ち、アウレリアは従業員が運んできたトレイを並べた。

「どのようなお品をお求めでしょう？」

「ノクス商会では、専属職人を雇っていると聞いている。まずは、髪飾りを見たい。先程も言ったが、贈るのは、十三の貴族の娘だ」

「かしこまりました」

手袋をはめた手で、いくつかの商品を選ぶ。

普段使いにちょうどいい銀の髪飾りには繊細な彫刻が施されている。それぞれ、小さなアメジストやローズクォーツ、ガーネット等がはめ込まれていて、好みに合わせて選べるようになっていた。

「それはなんだ？」

緑色の石がはめ込まれた髪飾りを見て、エルドリックが問う。

「こちらは、海の向こう側から運ばれてきた翡翠《ひすい》です。あちらの大陸では、幸運を運ぶ石として愛されているそうですよ」

美しい緑色の翡翠はこの大陸では珍しい。粒は小さいが、色はいい石を選んで髪飾りに使っている。

「珍しくていいな。これをもらおう。翡翠を使ったブローチはあるか」

「揃いのものがございます」

「では、それももらおう。それから、ノクス商会のレースは素晴らしいと聞いた。何枚か見繕ってくれ」

「かしこまりました」

職人が一年かけて織り上げるレースは、非常に高価なものである。それをあっさり「何枚か見繕って」と言えるあたり、土産を渡そうとしている相手をとても大切にしているのだろう。

このようにして、エルドリックの求めに応じて、いくつかの品を選び出す。商品にも飲み物にも満足した様子のエルドリックは、支払いは、商品を届けた時にすると言い残して立ち上がった。

「ミアとやら、見送りを頼めるか――ああ、この者だけでいい。いい取引だった」

ノクスが続いて立ち上がろうとするのを、手で制す。

(やっと終わった……!)

見破られていない自信はあったものの、隣国の王太子をおもてなしするなんて考えたこともなかった。しかも、ノクス商会の店舗で。

選ぶのを手伝った商品はどれも気に入ってくれたようだし、それでよしとしておこう。

店の前にやってきた馬車に乗り込もうとしたエルドリックだったが、そこで足を止めた。

「ミア嬢――いや、アウレリア・デュモン侯爵令嬢」

本名を呼ばれ、アウレリアは目を見開いた。

今まで、誰にも気づかれたことはなかったのに。やはり気づかれていた。思わず一歩、後退しようとしたらエルドリックに腕を掴《つか》まれた。

「正体に気づいているのは、俺だけだ」

そう聞かされたところで、身体から力が抜けるわけではない。顔を引きつらせたまま、エルドリックを見上げる。

「正体をバラされたくなかったら、俺と話をしてくれ。ふたりで、ゆっくりと話せる場所で」

アウレリアは唇をかんだ。

彼がなにを話そうとしているのかわからないのは不安だが、それ以上に話の内容を聞かないまま放置しておくのはまずい。

今まで、一度も気づかれたことはなかったのに。

「……かしこまりました」

小さな声でそう言うと、腕を掴んでいた手が離される。そんなに強く掴まれたわけではないのに、その場所がじんじんとしているようだ。

「いつならいい？」

「明後日の午後と四日後の午後でしたら」

「場所と時間を決めたら連絡する。ノクスに手紙を出そう」

そう言うなり、彼は馬車に乗り込んでしまった。アウレリアにそれ以上なにか言わせる間もなく、馬車は走り始めてしまう。

走り去る馬車を見送りながら、アウレリアはしばらくの間動くことができなかった。あまりにも不安が大きくて。

（あの方……なにを考えているのかしら）

不安を消すのは難しそうだけれど、心の準備だけはしておこうと決めた。

第二章　隣国王太子からの申し出

　エルドリックが指定したのは、ノクス商会が経営するカフェだった。そこは、貴族達や裕福な者達がしばしば利用する店である。

　二階と三階はすべて個室で、不貞な関係にある男女が密会するのに使われることもあるらしい。その点については、アウレリアは深く話を聞いたことはないが。

（なにを話そうというのかしら……）

　アウレリアとしてもミアとしてもこの店を訪れるのは気が進まなかったので、黒髪の鬘をかぶり、裕福な商家の娘といった装いで店を訪れた。

「なんだ、今日も変装してきたのか」

「この店に出入りしていると知られたくありませんから」

　エルドリックの方も、今日は裕福な平民の装いをしているが、鬘をかぶっているわけでもなく服装を変えただけ。一応お忍びという体ではあるが、彼を知っている者ならば見た瞬間気づく程度の変装だ。

「……そうか。まあ、座れ」

「失礼します」

長い足を優雅に組みなおしたエルドリックは、座るように促してきた。

座り心地のいいソファも、ウォルナット材のテーブルもアウレリアとノクスがふたりで選んだものだ。貴族の屋敷にあってもおかしくないそんな品。

ここの席を使うには、ある程度客の方にも品位が求められるという店側の意思表示だ。たとえ、この店を密会の場所に選んだとしても。

「それで、お話というのは……？」

「アウレリア嬢はせっかちだな。まずは茶でも」

茶でも、と口にした。この場の主導権を譲るつもりはないらしい。主導権を奪えるか、と一瞬考える。

（いえ、無理ね。この方がなにを考えているのか、私にはさっぱり理解できないもの）

瞬時に考えることを放棄したアウレリアは、言われるがままにメニューに目を走らせた。

この店のメニューは熟知しているから、あえて目を通す必要もなかったけれど、考えをまとめる時間が欲しかった。

（……大丈夫、落ち着けば）

エルドリックがなにを話すつもりなのかは知らないが、落ち着けば大丈夫。深呼吸し、リリアン達に出したのと同じ茶の名を口にする。

「サンルーブ茶園のお茶をいただきます」

エルドリックが目線で合図しただけで、側にいた彼の使用人が姿を消す。

扉の外にはこの店の従業員が待っているので、注文を伝えにいったのだろう。

「それで、殿下。お話とはなんでしょう？」

主導権を握るのは無理でも、先に口を開くのは構わないはず。焦りが見えていなければいいと思いながら再び会話の口火を切ろうとした。

「なぜ、変装して店にいた？」

「家を出ることになっても問題ないよう、準備を進めていました。いつ、婚約を解消されるかわからないと思っていますから」

他国の人間にそこまで言ってしまうのもどうかと思ったが、どうせエルドリックは気づいているだろう。今さらだ。

それに、エルドリックに嘘はつけない。すぐに見抜かれるだろう。

「殿下も異母妹を気に入っているようですし、婚約が解消される可能性はかなり高いと思っています」

王子の婚約者という地位に未練はない。

平民のミアとして、ノクス商会のどこかの店で働くことができれば十分だ。

こちらから婚約の解消を申し出ることはできないから、フィリオスの方から言い出すのを待っているだけ。

「――将来自立するためか」

「そう思っていただいて構いません。婚約が解消になれば、父は新たな婚約者をあてがおうとするでしょうが……父の言いなりにはなりたくありません」

店で顔を合わせた瞬間、ミアの正体に気づいたエルドリックだ。

アウレリアと家族の関係についても、ある程度推測しているだろう。いや、もしかしたらかなり深いところまで調査しているかもしれない。

「……それなら、俺からひとつ、提案がある」

「なんでしょう?」

「俺の国に来ないか?」

「……え?」

あまりにも思いがけない提案だったので、一瞬反応が遅れてしまった。

どう考えようか迷っている間に、扉がノックされた。

従業員が、注文の品を運んできたのだ。ワゴンを押して入ってきた従業員は、ワゴンを無言でエルドリックの使用人に託すと、頭を下げて出て行った。

アウレリアの前に、茶のカップが置かれる。ふわりと茶の香りが鼻をくすぐり、使用人の手によってポットはワゴンに戻された。

カップを手に取り、口に運ぶ。温かな茶も、今は心を安らがせてはくれなかった。

（ベリアンド王国に来ないかって……いったい、どういうつもりなのかしら）

エルドリックがアウレリアにそんな申し出をしてくる理由にまったく心当たりがない。

落ち着こうとさらに茶を口に含むけれど、心臓が嫌な鼓動を刻んでいて、思考はまったくまならなかった。

「お申し出はありがたいのですが……理由をお聞きしても？」

「この国にとどめておくには、アウレリア嬢の才能はもったいないだろう。この店の本当の持ち主はあなただ、いや、ノクス商会そのものが、か」

カップを取り落としそうになる。

まさか、そこまで気づいているとは思わなかった。実際、半分はアウレリアの持ち物なのだ。

ノクスと共同出資をしてノクス商会を立ち上げたのだから。

「ああ、そんな顔をするな。知っているのは俺と、そこの者だけだ。調べにあたったのは、彼だからな」

目線で示された使用人が、そっと頭を下げる。

嫌な鼓動を刻み続ける心臓に手を当て、なんとかそれを抑えようとした。

（……有能な方だ、という噂は知っていたけれど）

アウレリアとノクスは、注意深く本当の持ち主については隠してきた。

表に立つのはノクス。商会の名にもノクスの名を冠した。こうすることによって、世間はノクスがひとりでこの商会を立ち上げたと思い込む。そして、『ミア』はノクスが目をかけている従業員なのだろう、と。

アウレリアが出資したことも、商会の運営に協力してきたのも、今まで誰にも気づかれなかった。

注意深くやってきたつもりなのに、わずかな間でそれに気づくなんて。

「高く評価していただいたのは嬉しく思いますが……私は、国を離れるつもりはありません」

家を出たあと、ミアとして生活していってもまったく困らない。

アウレリアを探そうとしても、誰も見つけることはできないだろうと確信している。

最初のうちは騒がれるだろうが、一年もしないうちにアウレリアのことなんて誰も思い出さなくなるはずだ。

それに、商会の本部はこの国にある。よほどの理由がない限り、商会の本部を国外に移すのは難しい。

「……そうか、それならしかたないな」

なにか言われるかと思ったが、エルドリックはそれで話を終えたようだった。アウレリアを説得しようなんて気はみじんも感じられない。

「……よろしいのですか？」

「俺の申し出を断っておいて、理由が気になるのか？」

「失礼いたしました、殿下」

たしかに断っておいて、「よろしいのですか？」はあり得ない。アウレリアが赤面していたら、エルドリックは肩を揺らして笑った。

「俺は提案しただけだ。断られても、しかたないと思っていた。隣国に移住するなんて、大きな話、すぐに受け入れられるとは限らないだろう」

「……ですが」

「この国に大切なものもあるだろうしな。あくまでも提案だ、提案。では、頼みがある。ノクス商会の支店を、俺の国に出してもらえるか」

かわりに、といった様子でエルドリックは口にする。アウレリアはしばし考え込んだ。

「いずれは、と思っていますが……」

ベリアンド王国にも、支店を出したいという考えはあった。

ノクスと相談もしていたが、もう少しこの国での商いを大きくしてからの方がいいのではないかというのが彼の判断だった。

「なるべく早く頼む。妹もこの店の商品が気に入りそうだ——ああ、俺が後ろ盾になってもいい」

「わかりました。ノクスと相談して、なるべく早く、ベリアンド王国で殿下にお目にかかれるようにします」

それは、アウレリアなりの彼の提案を受け入れるという返事。エルドリックは、それで十分満足した様子だった。

王族が後ろ盾になった上で支店を開くのであれば、その後ろ盾がベリアンド王国への進出に際して、大きな力となってくれるだろう。

「楽しみに待っているぞ」

もしかしたら、本当に提案したかったのは支店の件であって、アウレリアに声をかけてきたのはそのついで、気まぐれだったのかもしれない。


エルドリックから呼び出されて数日後のこと。

王妃が主催の茶会に招かれたアウレリアは、王宮を訪れていた。

アウレリアが身に着けているのは、淡い緑を基調とした茶会用のドレスである。

小花模様の刺繍《ししゅう》が全面に施されていて、白いレースの襟が愛らしいが、これもまた母のドレスを仕立て直したもの。

商会で得た収入を使えば、最新流行の装いをすることも可能だ。

いや、最新流行の品々も扱っているから、商会で商っている品なら好きなだけ使うこともできる。

けれど、今のアウレリアがそれらを身に着けるのは不自然だ。

誰かに探られる事態が発生するのは避けたい、というわけで母のドレスを仕立て直し、母が遺した宝石類で身を飾っている。

母の力を借りているようで、これはこれで悪くないと言えば悪くない。

(殿下は、どこに行ってしまったのかしら)

今日はフィリオスと一緒に出席することになっていたのだが、フィリオスはふたり揃って王妃に挨拶をしたとたん姿を消してしまった。

王妃の前で明らかに不仲なところを見せるわけにはいかないという点だけはフィリオスも納得していると思っていたのだが、彼の行動はいつもと同じ。

(いえ、考え方によっては好機なのかしらね)

今以上に、フィリオスとアウレリアが不仲という噂が広まれば、王妃も考え直してくれるかもしれない。

あえてあちこちで、王宮の使用人に声をかけながらフィリオスを探して歩みを進める。アウレリアが使用人に声をかけているのを、招かれている貴族達は好奇の目で見守っていた。

歩いているうちにあまり人がいない方まで来てしまった——と、くすくすという若い女性の声が耳に飛び込んでくる。それは、アウレリアのよく知っている声だった。

「いけませんわ、殿下。こんなところで……」

「誰もこんなところまで来ないさ。俺と、君のふたりしかいない」

そして、それに返す男性の声もよく知っていた。

最初に聞こえたのはリリアンの声。続くのはフィリオスの声である。

(……ふたりとも、なにをやっているのかしら)

声の聞こえた方向になおも歩みを進める——と、薔薇の間から、見たくない光景が目に飛び込んできた。

薔薇に囲まれ、小道からは見えない様に配慮されたベンチ。そこにフィリオスとリリアンが座っていた。

並んで座っているだけならば問題ないのだが、なんとリリアンはフィリオスの膝の上に横抱きにされている。

リリアンは微笑みながら顔を上げ、フィリオスもまた微笑みながら顔を傾けた。ふたりの顔が近づいていき、唇が重なる。それを、アウレリアは目の当たりにしていた。

ただ、唇を重ねただけではなかった。その口づけはすぐに深いものへと変化する。

艶めかしい声まで聞こえてきて、こうしてキスするのは初めてではないのだと悟ってしまった。

(……なんてこと!)

どこにいるのか、ふたりとも忘れてしまったというのだろうか。

ここは王宮。そして、今は王妃主催の茶会の真っ最中。それなのに、茶会を抜け出し、こんなところで密会しているなんて。

（ふたりともなにを考えているの……話をしているだけならともかく、これじゃ言い訳できないわ！）

フィリオスとリリアンの仲が噂になっているのは知っていた。だが、それはあくまでも「ふたりの仲が妙に近い」程度のもの。

ノクスと経営しているカフェに、不貞な関係のために訪れる男女の存在は知っていた。だが、フィリオスもリリアンも不貞をするほど愚かではないと、心のどこかで信じたかったらしい。

王宮でここまで堂々と密会するなんて、カフェを訪れる者達以上に愚かだ。

それに、アウレリアとフィリオスの婚約は、王妃のお声がかりで決まったもの。不貞の噂が流れたなら、王妃の怒りを買うことになる。

「お異母姉様は、フィリオス様のことは愛していないの」

「そのぐらい知っているさ。あいつはいつだって、俺のことを馬鹿にしているんだ」

口づけの合間に聞こえてくるのは、アウレリアの悪口。いいように言われ続けて、アウレリアは拳を握りしめた。

好きでフィリオスの婚約者になったわけではない。王家からの命令、王妃の声で決まった婚約だ。

フィリオスに対して愛情を持ったことはなかったけれど、これでも、彼との仲を深める努力をしてはいたのだ。

手紙を書き、面会に行き、共に時間を過ごし。

政略結婚であるにしても、温かな家庭を築きましょう、私はあなたの力になりますと言葉で伝えてきたし、行動での意思表示も欠かさなかったつもりだ。

その気持ちがフィリオスに通じていなかったのなら、全部無駄な努力。婚約が決まってからの三年間が、すべて無駄になってしまった。

「あいつ、家族として信頼関係を築いていきましょうなんて言うんだ」

「あら、許して差し上げて？　お異母姉様は、父に愛されていないから、家族が欲しいのよ」

べったりとフィリオスの胸に顔を寄せたリリアンは、まだくすくす笑いがおさまらないらしい。

「父親がわりを俺に求められても困るぞ……俺は、こうして癒やしてくれる女性がいい。リリアンのようにな」

「殿下、私でよければいつでも癒やして差し上げます。それに、私の方がきっと、お役に立てますわ。私の方が有能ですもの」

「そうだな、リリアンが共にいてくれるのならば心強い」

また、重ねられる唇。これ以上、見ていられなかった。

（……私、間違っていたのかしら）

踵《きびす》を返し、その場を足早に立ち去ろうとする。と、誰かに手を掴まれた。

悲鳴をあげそうになるが、大きな手に口をふさがれる。

「声を出すな、ここにいるのを気づかれたくないんだろう？」

その声は、エルドリックのものだった。強張った身体から力が抜ける。

エルドリックは、口から手を離すと、掴んだ腕はそのままにずんずんと歩き始めた。大股な彼についていくのは難しくて、アウレリアは小走りになる。

「……悪い。俺もイラついていたみたいだ」

アウレリアが遅れがちになっていたのにすぐに気づいたらしく、エルドリックは歩を緩めてくれた。ゆっくりと歩きながら、アウレリアに向かって問いかける。

「あいつらに、いいように言われていたが……あのままでいいのか？」

「王家の決めた婚約です。私からは、破談にするのは……」

口にしかけて目を落とした。

（本当に、私からは破談にできないの？）

いつか、家を出ても大丈夫なように準備を進めてきた。

本当にこのままフィリオスと結婚するつもりだったら、とっくの昔に準備なんてやめていたはず。

ノクスとの共同出資はそのままに、ノクスから売り上げの何割かだけをもらう形に変更してもよかったのだ。アウレリア自身が店に立つ必要なんてまったくなかった。

「ええ、私からは破談にはできないんです」

そう告げる声は、我ながら自信なさそうに響いたけれど、エルドリックはそれ以上追及するつもりはないようだった。

「アウレリア嬢がそれでいいのであれば、俺から言うべきことはなにもない。ただ――この間の申し出はまだ有効だ」

「ありがとうございます」

この間の申し出というのは、ベリアンド王国への誘いだろう。あのあとノクスと話をして、ベリアンド王国への出店計画は、前倒しにする方向で調整中だ。

「そうだ。これを渡しておこう」

「――殿下！」

渡しておこう、と無造作な言葉とともに右手の中指に差し込まれたのは、金色の指輪だった。

特に彫刻などもないし、石がはめこまれているわけでもない。いたってシンプルなもの。

似たようなものはアウレリアも持っているし、今日も左手の小指につけている。

「この指輪は魔道具だ。あなたの身を守ってくれる」

様々な効果を持つよう魔術師によって作られた道具のことを、魔道具という。

たとえば、室温を最適に保つ魔道具や、食材を冷やして長持ちさせるための魔道具など、様々なものがこの国でも使われている。

ノクス商会でも扱いたいと思っているのだが、今の時代、魔道具を作る能力を持つ魔術師の数は少ない。そのため、魔道具は非常に貴重な品でもあり、ノクス商会でも取扱商品には含まれていない。

「このような貴重な品――」

「持っておいた方がいい。俺の勘がそう告げている」

勘だなんて、と笑うことはできなかった。

大国の王太子であるエルドリックは、きっと今まで多数の危機にさらされてきたのだろう。戦地に立ったことがあるのも知っている。

そして、今日まで生き残ってきたのだから、彼の勘を馬鹿にしてはならない。

「……お借りします」

「贈る。ノクス商会に、俺の国に来てもらうまでは無事でいなければならないのだからな」

冗談めかした光がエルドリックの目に浮かぶのを見ていたら、気負っていたのが馬鹿馬鹿しいようにも思えてきた。

「たしかにそうですね。では、ありがたく頂戴します」

ここまで言われては断れない。ありがたく受け取ることにした。

（……変な気分だわ）

胸が、ドキドキとしている。まるで、恋に落ちたみたいに。

婚約者からでさえ、気にかけてもらったことのないアウレリアにとって、エルドリックの厚意はあまりにも温かなものだった。

（……リリアンと殿下は、このままにしておくわけにはいかないわね）

この間の夜会のようにふたりで話し込んでいても、人目につく場所ならば、大きな問題にはならないのだ。問題にはなるが、ひそひそと囁かれる程度で済む。

だが、王妃の茶会を抜け出し、密会しているとなれば話は別だ。あの現場を目撃した者がいったい何人いるのか、考えたくもない。

その日の夜、アウレリアはリリアンの部屋を訪れた。アウレリアからリリアンの部屋を訪れることはめったにない。

珍しくアウレリアが訪れたのに、リリアンは驚いた様子だった。

入浴をすませたらしいリリアンは、とても愛らしく見えた。

素顔に、白い寝間着。その上からピンクのガウンを羽織っている。化粧を落としているからか、年齢よりも幼く見えた。

だが、手入れを終えてしっとりとした髪も、わずかに上気した頬も、彼女の愛らしさを引き立てている。今の彼女は、純粋無垢という言葉がぴったりだった。

クラーラやエミリー達とアウレリアの悪口を並べ立てていた時の意地悪な表情は浮かんでいない。

「リリアン、今、いいかしら？」

「お異母姉様、どうしたの？」

「あなた、なにを考えているの？　王妃陛下の茶会を途中で抜け出すだなんて……」

無邪気な顔をしたまま、リリアンは微笑んだ。

「そのぐらい、皆しているでしょう？　お庭のお花を拝見するのも、今日の趣向だもの」

今日の茶会の会場は、庭への出入り口を持つ広間だった。たしかに、王妃への挨拶を終えたあと、庭園の散策に三々五々出ていく者達もいた。

王妃が丹精込めて手入れしている庭園の花々を愛でるのも、会の趣向のひとつである。それを言われてしまえば、アウレリアも言葉に詰まってしまった。

「いいえ、私が言いたいのはそうではなくて……あなた、今日フィリオス殿下と一緒だったでしょう？　それも」

あの時見かけた光景が頭によみがえる。そこでアウレリアは口を閉じてしまった。

あまりにも、刺激的な光景。王宮であんなことをする人がいるなんて、考えたこともなかった。

「あら、お異母姉様。それはしかたがないでしょう？」

今まできょとんとしていたリリアンの顔に、アウレリアのよく知る表情が浮かぶ。父や継母の愛情がリリアンにだけ向けられていると再確認した時の表情。

友人達とアウレリアの悪口を言っている時に見せる表情でもある。目にはこちらをあざけるような光が浮かび、唇が意地の悪そうな形に歪む。

「殿下が愛しているのは私だもの。お異母姉様ではないわ」

「……それは、そうかもしれないけれど、私が言いたいのは違うわ。殿下の婚約者は私だということは忘れないで」

フィリオスとリリアンが愛し合っているというのであれば、それはそれでいい。

だが、ふたりきりでいちゃいちゃとする時間を過ごしたいのであれば、その前にアウレリアとの婚約は破棄しておくべきだ。

そう続けようとしたら、リリアンは唇の端をにぃっと上げた。

「お異母姉様こそ、婚約者という立場にしがみつくのはみっともなくてよ」

その言葉に、心の中でなにかが崩れる音がした。

アウレリアとて、好きでフィリオスに嫁ぐわけではない。いずれは彼と信頼を結べればと思ったこともあったけれど、それはずっと昔の話。アウレリアから破談の申し入れはできないけれど、フィリオスが望むのならいつだって解消するつもりでいる。

それを、アウレリアがフィリオスにしがみついているように言われるなんて。

「で、でも、王妃陛下の決めた婚約よ。わきまえて行動しないと……」

「大丈夫よ、お異母姉様」

リリアンはうっとりと微笑んだ。その笑みは、まさしく夢見る少女。今見せた意地の悪さは瞬時に消え失せている。

綺麗に塗った爪の先に目を落とし、リリアンはますます笑みを深くする。

「フィリオス様が、うまくやってくれるもの。お異母姉様は心配する必要なんてないわ」

「心配する必要はないって……」

それが一番心配なのだが。

残念ながら、フィリオスは有能とはいえない。

世間的には、国内外の賓客の対応がフィリオスの仕事ということになっている。

だが、それも、アウレリアが忙しい王子妃教育の合間に準備をし、フィリオスは当日、部下に言われた通りに動いているだけ。しっかりした部下をつけておかないと、なにかしらの失敗をしてしまう。

そんなフィリオスに、任せておいて大丈夫なのだろうか。

婚約の解消は構わないから、一度三人で話をした方がいいのではないかと続けようとしたけれど、リリアンの興味は、完全にアウレリアから外れている。早く出て行けと言わんばかりに、リリアンは侍女を呼ぶベルに手をかけた。

（……これ以上は、話をするだけ無駄ね）

リリアンの微笑みに、不安なものを覚えたのはなぜだろう。その理由さえわからないまま、アウレリアは異母妹の部屋を後にした。


リリアンとの会話の翌日、アウレリアは王妃への面会を申し出た。

やはり、フィリオスとの話をこのまま進めるわけにはいかない。となれば、最初に話をすべき相手は、フィリオスではなく王妃だ。

急な面会の申し入れではあったけれど、王太子の婚約者からの申し込みとあらば、王妃もあっさり断るわけにはいかなかったらしい。

少しの時間でよければの言葉と共に、午後の茶会の前に時間を取ってもらえることになった。

今日の茶会はアウレリアは招かれていないから、王妃との面会のためだけに王宮を訪れる。

通された王妃の私室は、贅を尽くした部屋だった。

巨匠と呼ばれる家具職人の手による家具。赤い絹の張られた壁紙。季節外れの花が多数室内に飾られているのは、王妃の持つ温室で育てられているからだ。

「よく来てくれたわね、アウレリア嬢」

フィリオスとアウレリアの婚約を取りまとめた王妃は、表面上はにこやかにアウレリアを招き入れた。丁寧に腰を折って、アウレリアは王妃に最高の礼儀を尽くす。

「あなたから、面会の申し込みがあるなんて珍しいわね」

ゆったりとひとり掛け用のソファに腰を下ろした王妃は、優雅に構えた扇の陰から微笑みかけてくる。実際、アウレリアから王妃に面会を申し出るのは珍しい。

王子妃教育が終わったあと、王妃とお茶の時間をとっている。それで十分だったのだ。

そこにはフィリオスも毎回参加していたが、このところ「仕事が忙しい」という理由で不参加だ。

「王妃陛下のお時間は貴重なものです。私は、王子妃教育のあと、毎回お時間をいただいておりますから」

王妃の時間が貴重なものであるのは嘘ではない。王妃との面会を求める者は、列をなすと言っても過言ではないほど多数いる。

王子妃教育がどこまで進んだのか確認するという意味もあり、毎回、王子妃教育が終わる度に王妃と顔を合わせているアウレリアは、今までそこに割り込もうと思ったことはなかった。

「それで、あなたの用というのはなんなのかしら？」

扇に顔を隠したまま、王妃は問いかける。声音にわずかにイラついたものをにじませたのは、アウレリアを自分より下に見ているから。

「――殿下と私の婚約の件です、王妃陛下」

相手は王族。機嫌を損ねてはならない。

丁寧にもう一度頭を下げてから話を切り出した。

「殿下は、異母妹のリリアンを愛していらっしゃいます。デュモン侯爵家との繋がりをお求めでしたら、私でなくてもいいでしょう。殿下とリリアンの婚姻としてはいかがでしょうか？」

父が愛しているのはアウレリアではなくリリアンだ。父の後ろ盾が欲しいのならば、その方がいいだろうと声音ににじませる。

もちろん、相手はそれに気づかないほど愚かではなかった。二十年以上、王妃もこの国の王族として勤めてきたのだから。

はぁ……とため息を吐き出し、彼女はアウレリアを見た。

「そのような愚かなことを」

「愚かでしょうか？」

少なくともフィリオスは、早い時期からアウレリアと向き合うことを拒んだ。

王族の夫妻は、この国の民の模範とならねばならない。そのふたりが最初からぎくしゃくしていたとしたら。誰が王家についてきてくれるのだろう。

「ええ、愚かなことですよ、アウレリア嬢。王族の婚姻に愛は必要ありません」

「それは承知しております」

フィリオスとの婚姻は、ずっと前から破綻が見えていた。その破綻をどうにかしようとあがき続けること三年。

あがいたのはアウレリアだけで、ふたりの間にあった亀裂は、アウレリアが思っていたよりもずっと大きくなっていた。もはや、修復不可能と言っても過言ではない。

「本当に、愚かね」

「愚かでしょうか？」

愚か、という言葉を重ねられ、さすがのアウレリアもカチンときた。

愚かならば、手に入らないとわかっているフィリオスの愛を求めてじたばたとあがいていたはずだ。だが、そこまで愚かではない。だからこそ、彼との関係は信頼はともかく愛は求めず、『礼儀正しいもの』に限定してきた。

王族の婚姻に愛情は必要ないが、最低限、信頼関係がなければ無理だ。この国が、繁栄するもしないも、多くは国王にかかっている。

王族は、その国王を支える存在でなければならない。それがアウレリアの認識だった。

「フィリオスが王族としてやっていくためには、あなたが必要なの。それはわかっているのよね？」

王妃の言葉に、アウレリアは唇を引き結んだ。

フィリオスは事実を知らないようだが、優秀とはほど遠いところにいる彼を支えるために選ばれたのがアウレリアだ。

アウレリアの異母妹リリアンは母が平民だが、それでもフィリオスが望めばリリアンを王子妃とするのは不可能ではない。

アウレリアの進言を王妃が受け入れなかったのは、リリアンではフィリオスを支えられないと判断しているため。リリアンを溺愛している父がそれに文句を言わないのは、リリアンには苦労させたくないからだろう。

「民のために心を殺して尽くすのは、貴族として当然の義務でしょう？　あなたは、その義務を放棄しようというのかしら」

「――なっ」

「フィリオスの下で、あなたの能力を民のために役立てなさい」

あまりの言葉に、さすがのアウレリアも言葉を失った。

心を殺して民に尽くす。それは、貴族としてたしかに心がけておかねばいけないかもしれないが、それにしたって限度がある。

アウレリアに非協力的な相手を立てて、一生尽くせだなんて。

（……この人にとっても、私はどうでもいい存在だったんだわ）

それを改めて認識させられただけのこと。

家族の中にアウレリアの居場所はなかった。

婚約者も、アウレリアのことを見ようとはしなかった。

唯一、アウレリアのことを認めてくれた王妃もまた、アウレリアをぞんざいに扱っていい相手だと認識していた。自分の子供を守るためにアウレリアを利用した――ただ、それだけのことだ。

（そうよね、フィリオス殿下を支えるためだけに私を望んだんだもの）

先妻の子である王太子グレゴリーは、王妃にとっては継子だ。そして、優秀な彼は、自身が即位したのちはフィリオスを閑職に追いやろうとしているというのがもっぱらの噂だ。

それを避けるために、アウレリアとフィリオスを結婚させようとしていた。王妃にとってのアウレリアは、フィリオスを王族として歩ませるための道具。

道具に心があるなんて、彼女は想像したこともないのだろう。リリアンではフィリオスを支えられない。だから、アウレリアを王子妃とする。それだけだ。

その結果、アウレリアが周囲からどんな目で見られるのかなんて、想像すらしていないのだ。

「わかっているのなら、少しは身を慎みなさい。あなたの評判、私のところにまで伝わっていてよ」

若い女性を中心にささやかれているアウレリアの噂話。王妃はそれを知っていても、フィリオスとの縁談をなかったことにするつもりはないらしい。

「御前、失礼いたします」

話は終わった。いや、最初から聞いてもらえなかった。

このままフィリオスに嫁いだら、アウレリアはひたすらフィリオスに国に民に尽くすことを求められるのだろう。その結果、アウレリアが燃え尽きたとしても、間違いなく誰も気にすることはない。

（……今後の身の振り方を考えねばね）

失礼にならない程度に足早で、王妃の前を立ち去りながら考える。

フィリオスとの婚約をなかったことにするのは無理だ。

となれば、このままフィリオスに嫁ぐか逃げるかの二択しかない。

まっすぐ屋敷に帰る気にもなれず、ノクス商会に向かう。

一生懸命働いていたら、嫌な思いから逃れられるような気がして、ミアとしての変装をして、店に立った。

「……いらっしゃいませ……あっ」

思わず声が漏れてしまった。

店を訪れたのは、お忍び用と思われる服に身を包んだエルドリックだ。彼の魅力は、そんなことでは隠しきれてはいないが、少なくとも裕福な平民では通る服装だ。

「ミア、頼みがある」

「かしこまりました――なにをお望みでしょう？」

エルドリックに、アウレリアは微笑みかける。あくまでも接客用の微笑みであることは忘れずに。

（まさか、帰国前にお目にかかる機会があるとは思ってもいなかった）

エルドリックは、数日中に帰国することになっている。

帰国の途に就く彼を見送るための夜会が開かれるのは知っていたけれど、理由をつけて欠席するつもりだった。

アウレリアが欠席すれば、フィリオスは喜んでリリアンをエスコートするだろうし。

「妹への土産をもう少し買いたいと思ってな。選ぶのを手伝ってもらいたい。今回は、裕福な平民が身に着けるようなものが欲しい」

「かしこまりました」

もしかすると、エルドリックの妹もお忍びで街に出るのかもしれない。

平民相手の接客を装い、一階に並ぶ商品の中から好みに合いそうなものを探す。貴族のドレスを仕立てた端切れで作った髪飾りなども最近の人気商品だ。

次から次へと並べられる品を手に取りながら、エルドリックは口を開いた。

「帰国前にもう一度聞きに来た。俺と共にベリアンド王国に来るつもりはないか？」

「ありがたいお誘いですが、今はまだその時期ではありません」

ベリアンド王国に興味がないと言えば嘘になるが、今はそれどころではない。エルドリックの誘いも、笑みを浮かべて断った。

「……そうか」

少々残念そうな表情になったエルドリックだったけれど、すぐに気を取り直したようだ。アウレリアの右手中指に視線を落とす。

そこには、エルドリックが贈ってくれた指輪が輝いていた。

「もし、助けが必要ならば俺に言え。手助けぐらいならできる」

「ありがとうございます……ですが」

あやうく殿下、と呼びそうになり慌ててごまかした。彼はお忍びできているのだから、こちらもそれを踏まえて対応すべきだ。

「なぜ、そこまでしてくださるのです？」

「細かいことは気にするな。俺がそうしたいと思ったんだ——優秀な人材は、いくらいてもいい」

優秀な人材、という言葉に思わず胸が高鳴った。認められたというだけで、こんなにも幸せな気持ちになれるのか。

我ながら単純なものだという考えが浮かんだのも事実だったけれど、その喜びにそっと浸った。

エルドリックが帰国してから三週間後。

フィリオスがエスコートしてくれなかったため、アウレリアはひとりで夜会に出席していた。護衛の騎士に会場まで手を貸してもらったが、そこから先はひとりだ。騎士には騎士の仕事がある。

（……以前より、噂が激しくなっている気がするわ）

アウレリアを見て、ひそひそと囁かれる言葉。

愛されない婚約者。

それだけならばまだいい。アウレリアとフィリオスの不仲なんて、昔からだ。皆、口にしないだけで知っていた。暗黙の了解というやつだ。

ひとりでいるところをじろじろ見られ、噂されたとて、今さらなんの痛みも覚えない。

アウレリアは背筋をまっすぐに伸ばし、こちらに向けられた意味ありげな視線を、真正面から受け止める。

アウレリアが先に目をそらすと思ったらしい相手は、思惑が外れて困惑した様子だった。扇の陰に微笑みを隠し、優雅な足取りを意識して会場内を歩く。

『アウレリア様、おひとりなのね』

『しかたがないわよ。フィリオス殿下に愛されない腹いせに、異母妹のリリアン様をいじめているという話だもの』

『フィリオス殿下とリリアン様、お似合いだものね……』

はぁ、とアウレリアは開いた扇の陰でため息を吐いた。

「アウレリア嬢、元気にしていたか？」

声をかけてきたのは、フィリオスの異母兄、王太子のグレゴリーである。

顔立ちはフィリオスと似ているのだが、騎士団と共に行動することも多いからか、フィリオスよりもしっかりとした体格だ。

「はい、殿下。お目にかかれて光栄です」

アウレリアはにっこりとして、王族への礼儀を守った挨拶をする。だが、グレゴリーは表情を曇らせた。

「フィリオスが、迷惑をかけているようだね」

グレゴリーの登場で、周囲のひそひそ話はいったんやんだ。

他国の公爵令嬢との縁談が決まっているグレゴリーは、今年の末に結婚式を執り行う予定だ。

彼は、フィリオスとアウレリアの仲を心配しているらしい。しばしば、こうやって声をかけてくれる。

彼の側にいれば周囲のひそひそ話もいったんは静かになるから、アウレリアにとってはありがたい相手でもあった。

「……いいえ、問題ありませんわ」

もちろん、フィリオスの異母兄に、彼との婚約が不満なんて言えるはずもない。

「本当にそう？　とはいえ、私が言っても、彼は聞かないだろうしね。もし、私にできることがあれば――」

「いいえ、殿下。殿下に助けていただく必要はありません、問題ありませんもの」

フィリオスとの婚約に、グレゴリーが口を挟める道理はない。笑ってごまかすしかなかった。

フィリオスには、さっさと婚約を解消してほしい。王妃に直接お願いもしたが、拒まれた。

（たしかに、便利な道具は手放したくないでしょうしね）

自分で言うのもなんだと思うが、アウレリアは優秀である。

働きに来たノクスを引き抜き、母の形見をひとつ売った資金を元手に商会を立ち上げた。

その商会は、今では貴族だけではなく、この国の人々の生活に欠かせないものとなっている。

立ち上げから、十年もたっていないというのに。

それに、フィリオスに嫁ぐのだからと受けさせられた王子妃教育も完璧に終えた。

復習のために、週に一回程度王宮に赴けばいいほどだ。

それを一日おきに通っているのは、本来フィリオスが受けるべき王子教育を受けるためと、彼の公務の下準備をするため。

学ぶのは嫌いではないし、国内でも有数の教育者に学ぶ機会を得られたのは、アウレリアとしてもありがたかったのもまた事実。

母国語の他三か国語を母国語同様に使いこなせるし、簡単な日常会話程度ならばさらに二か国語使える。これは王子妃教育の賜物であるが、ノクス商会を動かしていく上でも、非常に役に立っている。

王妃としては、アウレリアを手放すなんてできないのだろう。

リリアンの母が平民出身だというのも、この国最高の地位にある女性としては面白くないというのも理解はできる。

(殿下もリリアンも多大な努力が必要になるだろうけれど、やり方によっては、リリアンとの婚姻だってうまくいくでしょうに……)

母方は平民だが、父方は侯爵。

ふたりの恋愛を、ロマンス小説のような純愛に仕立て上げれば、ある程度の支持を受けることだってできる。

リリアンを愛していると言うならば、フィリオスもその程度の苦労はしてもいいだろうに。

その苦労すらしないというのだから、彼らの真実の愛もなかなか薄っぺらなものだ。

(いいことなんてないわ)

グレゴリーと別れ、会場内を歩いていたら、父の姿を見つけた。

そう言えば、このところ屋敷でも父に会うことはなかった。

話をしなければならないと思っていたのだが、ここで父を見つけたのならばちょうどいい。

「……お父様」

声をかけたら、彼はアウレリアの方にゆっくりと向き直った。

その表情は険しい。まるで、アウレリアに話しかけてくるなとでも言いたいように。

(忘れていたけれど、こういう人だったわ)

リリアンを溺愛する父にとって、アウレリアはリリアンの邪魔をする面倒な存在でしかなかった。

「……どうした？」

「お話があります」

そう言ったけれど、それにもまた面倒そうなため息を吐き出されただけだった。

別室にまで行ってくれるつもりはないようだったから、会場の中でも、他の人に話を盗み聞きされにくい場所を選んで移動する。

「お父様は、私に関する噂はご存じですか？」

噂？　と父は眉を上げる。どうやら、まだ彼の耳には届いていなかったらしい。

「私がリリアンをいじめているという噂です。出どころを探してくださいませんか？」

そう言ったら、父は露骨に面倒くさそうに首を振った。

「アウレリア。噂が立つということは、原因がどこかにあるのだろう」

「まさか！」

「嘘をつくな。お前にやましいところがなければ、そんな噂が立つはずもない。くだらないことを考えるより先に、自分の行いを振り返ってはどうだ？」

頭ごなしに叱られて、アウレリアは言葉を失った。

（昔は、ここまでではなかったのに……）

父のアウレリアに対する愛情が薄いであろうということは、昔から気づいていた。だが、ここまでアウレリアの話に耳を傾けてくれないなんて、考えてもいなかった。

「話はそれだけか？　くだらない」

そう吐き捨てた父は、アウレリアをその場に残して行ってしまう。

（お父様も変わったわ。少なくとも、昔は話を聞くぐらいはしてくれたもの）

継母とリリアンが来てから、父とアウレリアの間に生まれた溝はどんどん大きくなっていた。昔から溝はあったのだが、ふたりが屋敷に来るまでは、その溝を上手に見ないようにしてきたのに。

（……だめね）

父ももう信頼していい相手ではなくなった。

いや、以前からわかってはいたが、心の中のどこかに信頼したいという思いは残っていたのだ。

アウレリアの周囲にいるのは敵だけ——そのことを改めて心に刻み込む。

（いえ、味方がいないわけではなかったわね）

右手の中指に視線を落とす。こんな時でも外せなかった指輪。エルドリックは、アウレリアの身を案じてくれた。

このような貴重な品を贈ってまで、アウレリアを守ろうとしてくれた。

それに、ノクスだっている。彼もまたアウレリアの味方だ。

（エルドリック殿下のお申し出を、受け入れる時が来たのかもしれないわね）

『アウレリア』はいなくなったものとして、デュモン侯爵家を離れる。

できれば使いたくない手段だと思っていたが、近いうちに実行する必要が出てくるかもしれない。

＊　＊　＊

異母兄のグレゴリーがフィリオスに話しかけたのは、アウレリアとの婚約をどうするつもりなのか問いただすためだった。年が上で王太子だからか、常に偉そうでフィリオスにとっては苦手な相手だ。

周囲にいた令嬢達は、リリアンも含めてグレゴリーの視線を受けて離れていく。

愛するリリアンを側に置いて、うきうきしていた気持ちが、あっという間にしゅんと沈んでいくようだった。

「リリアン嬢とのことが噂になっているぞ」

「それがどうした」

「婚約者がいるだろう。少しは、慎め」

面白くない気持ちが、むくむくと大きくなってくる。なにも、夜会の場でそんな話をしなくても。

アウレリアと結婚すれば、デュモン侯爵家の後ろ盾だけではなく、彼女の持つ資産が手に入る。

母である王妃がアウレリアを選んだのには、そんな事情もあるというのは薄々と察していた。残念ながら、リリアンの母は元平民で裕福ではなかった。

（……どうして、リリアンじゃだめなんだ）

フィリオスと会ってもつまらなそうな顔をしているアウレリアとは違い、リリアンは常にフィリオスを愛情のこもったまなざしで見てくれる。

今だって、少し離れたところから心配そうな目をこちらに向けているではないか。アウレリアなら、壁際に引っ込んで仏頂面をするしかないだろうに。

「いいな、お前の立場も考えるんだ。アウレリア嬢を大切にしろ」

グレゴリーは、なおもつらつらと言葉を重ねてくる。

昔から、この異母兄のことは気に入らなかった。ほんの少し、先に生まれただけだというのに、常にフィリオスのことを見下した目で見てくる。

わかったな、と言い残したグレゴリーは、再び人の輪の中へと戻っていく。それを見送り、フィリオスは嘆息した。

（……面白くない）

せっかくの夜会だが、興ざめしてしまった。リリアンと触れ合うのもいいが、今夜はもう引き上げた方がよさそうだ。

「フィリオス様、もう一曲ダンスはいかがですか」

「リリアン、今日はもう部屋に戻る。ダンスは、次回にしよう」

残念そうなリリアンを振り払い、自室へと戻る。いつもなら、リリアンとのダンスは楽しいのだが、今夜はそんな気にはなれなかった。

侍従に酒の支度を命じて、ソファに腰を落とした。どうにかして、あの異母兄を引きずり下ろせないだろうか。

そういえば、前回の夜会では、アウレリアは、婚約者を放置してエルドリックと踊っていた。あんな男のどこがいいのやら――未来の国王という地位だろうか。

アウレリアのことなんてどうでもいい。

今はそれよりも、考えねばならないことがある。エルドリックの滞在中、フィリオスに接触してきた者がいたのだ。

（主は……かなりの高位貴族なのだろうな）

接触してきた女の物腰は、高位の貴族に仕えている者であると示していた。

『なにかあったら助けになる』と、女を通じてフィリオスに申し出てきた者は、エルドリックが王太子であることに不満を持っている一派に属しているらしい。エルドリックの叔父を担ぎ出そうとしているようだ。

この国に攻め込むつもりはないらしいが、王族の動きは知っておきたいという話で、「グレゴリーの情報が欲しい」と相手はかなりの額を提示してきた。

大きな出費が続いた直後で、手持ちの財が乏しくなったフィリオスにとって、相手からの接触は思いがけないものであると同時に、好機でもあった。

実際、グレゴリーの公務について、いくつか機密でもなんでもない情報を流すだけで、その度に新たな金貨や宝石が渡された。悪くはない取引だった。

今日の夜会の前にも、女はこっそり訪れた。今回もグレゴリーの視察先の情報を流してやり、多額の金銭を受け取った。

今後も、彼らをうまく扱う方法を考えなくては。もちろん、国家の機密に属するような情報は渡していない。

とりあえず、彼らから受け取った金銭で、リリアンをどこかに連れ出そうか。

第三章　死に戻り令嬢は復讐を誓う

不名誉な噂から逃れるためという口実で、アウレリアは別荘に行くことにした。アウレリアとしては他の目的があるのだが、家族にはそう思わせておいた方がいい。

「お嬢様、本当によろしいのですか？」

「ええ、馬車に乗っているだけだもの。私の身の回りのことなら、別荘にいる使用人の手を借りるわ」

声をかけてきた侍女には、そう微笑みかけた。

別荘には、侍女はひとりも連れていかない。荷物をつめたトランクは、もう馬車に積み込んである。

別荘には、何人かの使用人が常駐している。

誰かを招待しているわけでもないし、気楽な格好で過ごすつもりだから、生活の面では彼らの手を借りれば十分だ。

(私が、ひとりで着替えられることは誰も知らないし)

ミアとしての扮装をして店に立つ以上、ひとりで脱ぎ着できるのは基本だ。ミアからアウレリアに戻る時は、ノクスが選んだ商会の従業員の手を借りることもあるが、秘密は厳守だ。

（それに、別荘で接する人は最小限にしたいのよね）

ノクスや商会の従業員とは、別荘近くにある商会の支店で会うことになっている。そこで、アウレリアが侯爵家を去るための最終的な手段を相談するため、使用人達に出入りを気づかれたくないのだ。

法的に縁を切れれば一番いい。それがだめならば、逃げて『ミア』として生きていくことも考えている。

「それに、お父様も謹慎していた方がいいとおっしゃるの」

侍女には、弱々しい笑みを向けた。

アウレリアは面倒な社交界から遠ざかって、脱出計画を練るつもりだ。だが、他の家族からすれば不名誉な噂の中心になってしまったアウレリアは、別荘で謹慎するぐらいでちょうどいいらしい。

となれば、侍女なんて連れて行かない方がいいに決まっている。

エルドリックの申し入れを受け入れるか、この国にとどまるか。

それについても、ノクスと相談したい。ついでに、自分の目でも新たな商品を探してみたい。

「では、行ってくるわね」

見送ってくれたのは、執事他数人の使用人だけ。

馬車はゆっくりと動き始め、アウレリアは背もたれに身体を預けて嘆息した。

（……商会を立ち上げておいてよかったわね。少なくとも、自分で自分の未来を決めることはできるもの）

王族への忠誠心というものもそれなりにはあったから、ぎりぎりまで、こちらから破談を申し入れるつもりはなかった。

たとえ、フィリオスとは気が合わなかったとしても。

――でも。

この国にとどまっていても、アウレリアは搾取されるだけ。王妃との面会で、それを確信した。

彼らは、アウレリアをこき使い、疲弊していくのを目の当たりにしてもなにも考えない。いたわろうとすら思わないだろう。

そんなことを考えている間も、馬車は休むことなく走り続ける。途中、昼食のために小さな店に立ち寄ったあとは、再び馬車を走らせる。

午後、もう一回どこかで休みを入れることになっている。護衛は侯爵家の騎士に任せてあるし、問題はない。

（……あら）

窓の外を見て気づく。いつの間にか、だいぶベリアンド王国との国境に近づいていたようだ。

別荘は、国境の町に近い場所にある。

交易の中継地である国境の町まで足を伸ばせば、珍しい品を見ることもできるのだ。

それは、アウレリアが『謹慎』する別荘を選んだ理由のひとつでもあった。

今馬車が走っているのは、別荘のある場所まであと山をひとつ越えればいいというところだった。

事件が起こったのは、馬車が山道を走り始めてから三十分ほどが経過した時だった。不意に馬のいななく声がして、馬車がぐんと速度を上げる。

思ってもみなかった揺れに、扉に激しく肩をぶつけた。痛みに呻《うめ》く。それから、できる限り落ち着きを装って御者に声をかけた。

「どうしたの？」

「お嬢様、盗賊です！」

「そんな！」

盗賊が出没するという話は聞いていたが、今まで襲われていたのは、護衛の数が少ない商家の馬車ばかり。護衛をきちんと連れた貴族の馬車が襲われた例はなかった。

だから、アウレリアも別荘に行くのに危険を感じていなかったのだ。

「……急いで！」

声をあげる。馬車は速度を上げ、ぐんぐんと走り続ける。

激しい揺れに舌をかみそうになるが、手すりにしがみ付いて耐えた。

（護衛の騎士がいるはずなのに……）

外から戦いの物音が聞こえてくる。騎士を護衛につけた馬車を、盗賊が襲うなんて不自然だ。本当に、盗賊なのだろうか。

（……考えすぎよね）

アウレリアは、唇をかんだ。

誰かが、アウレリアを殺そうとしているなんて考えすぎだ。懸命に自分にそう言い聞かせるものの、一度芽生えてしまった疑念は消すことができなかった。

その間も馬車は走り続け、車輪がきしむような音を立てている。

「きゃああっ！」

目の前で、御者が馬車から転がり落ちて、アウレリアは悲鳴をあげる。誰も御する者のいなくなった馬車は、馬の本能のままに走り続けた。

車体は右に左に容赦なく揺さぶられ、中にいるアウレリアもまた、あちこち身体をぶつけて痛みと恐怖に悲鳴をあげ続ける。

「――助けて！　誰か！」

助けなんて来るはずない。

車体全体が左に大きく傾く。とっさに手すりに掴まるが、そのまま車体は左に倒れこんだ――いや、宙に投げ出された。

山肌を走っていた馬車が、道を外れて転落したのだ。

誰か、助けて！

心の中でつぶやく。左手で右手を包み込んだ。

中指にはめられているのは、あの日エルドリックから渡された指輪。真剣な目をして国へ来ないかと、アウレリアを誘ってくれた時の顔が浮かぶ。

（……もし、あの時）

エルドリックの申し出を受け入れていたら、こんな事件には巻き込まれなかっただろうに。

心の奥から囁きかけてくる後悔の声。

何回転もしながら崖を転がり落ちていた馬車が、谷底に叩《たた》きつけられる。

その時には、アウレリアの意識は闇に閉ざされていた。

＊　＊　＊

どこか遠くから、アウレリアの名を呼ぶ声が聞こえる気がする。

ゆっくりと瞬きをすると、目に飛び込んできたのは真っ白な光。眩しい。

アウレリアはわずかに首を揺らし、目を閉じた。

「お嬢様、お目覚めですか？」

耳に届いたのは、聞き覚えのない声。瞬きを繰り返し、目が光に慣れてからゆっくりと目を開いた。

「ああ、よかった――お目覚めですね」

こちらを見下ろしていたのは、見覚えのない女性だった。

黒を基調としたワンピース、真っ白で清潔そうなエプロン。

髪はしっかりとまとめて結い上げられており、顔にはこちらを落ち着かせようとしているような笑みを浮かべている。貴族の家に仕える侍女だろうと判断した。

声を発しようとしたけれど、喉の渇きからか言葉が出てこなかった。そっと侍女が背中に手を当て、半身を起こしてくれる。全身に走った鈍い痛みに唇をかんだ。

「まだ、痛みますか？　起き上がっても問題はないと医師からは聞いているのですが」

痛みはあるが、身体に大きな問題はなさそうだ。

手際よく水が差し出された。受け取って口に含むと、わずかに甘くて酸味がある。果汁を垂らしてあるようだ。

「ありがとう……あなたは？」

「わたくしのことは、ルイーゼとお呼びくださいませ」

丁寧に一礼した女性は、使用人の中でも上級の地位についているようにアウレリアには思えた。

彼女の声音、落ち着いた物腰。王宮で働いていてもおかしくないレベルだ。

「では、ルイーゼ、私はどうしてここにいるのかしら？　ここはどこ？」

水分で喉を潤したからか、今度は滑らかに声が出てきた。

相手もアウレリアのことを貴族の娘だとわかっているようだ。貴族でなくとも、それに準じる扱いを受けるべき立場にある、と。丁寧な態度を崩さない。

「ここは、ベリアンド王国の王族が持っている屋敷でございます。お嬢様」

「ベリアンド王国の……」

たしかに走っていた山道は、ベリアンド王国との国境に近い場所にあった。

そもそも別荘に行こうと思い立ったのも、国境の町に、ベリアンド王国からの珍しい品々が入ってくるからだ。

（……ベリアンド王国といえば）

アウレリアは右手の中指に視線を落とした。そこにはめられていたのは、エルドリックがアウレリアに贈ってくれた指輪である。

「道から外れて落ちた馬車は大破し、お嬢様は全身を激しく打ちつけて意識を失いましたが、その魔道具のおかげで致命傷にはならずにすんだのだそうです」

「この、指輪のおかげ……」

エルドリックの指輪。

たしかに渡してくれた時、身を守ってくれると言っていた。指輪をはめている者の身に危険が迫った時、その身を守るための魔道具だ、と。

エルドリックが想定していたのはアウレリアが毒を盛られたり、ナイフで刺されたり、階段から突き落とされたりといった程度のことだったのだろうが、馬車ごと崖から落ちても命を失わないですんだとは、とんでもない効力を持つ魔道具である。

「……本当に、助かったわ。この指輪をくださった方に感謝しなくては」

とはいえ、エルドリックにどんな顔をして会えばいいのだろう。彼の誘いを受けていれば、あんな事故に遭うことなどなかっただろうに。

「それより、ここは王族のどなたの持ち物なのかしら。お目にかかって、お礼を言うことはできる？」

「こちらは、エルドリック殿下の持ち物でございます」

「……エルドリック殿下の？」

オウム返しに口にして、アウレリアは茫然とした。

どうしよう。

エルドリックに合わせる顔がないと思った直後なのに、彼が、この屋敷の持ち主だなんて。

お礼を言いたいと口にしたばかりなのに、逃げ出したくなった。だが、その時、扉の向こうから声がする。

「目を覚ましたか?」

エルドリックの声だ。まだ、彼と顔を合わせたくなくて、ルイーゼを引き留めようとするが、彼女は素早く扉を開いた。

入ってきたエルドリックは、最後に会った時とまったく変わりない様子だった。

「ルイーゼ、いい。あとは俺が話す」

アウレリアは息をつめた。心臓が、どきりと音を立てて跳ね上がる。

(どうしよう、まだ……)

心の準備ができていない。別荘の持ち主がエルドリックだと聞いても、こんなに早く顔を合わせることになるなんて、想定外だった。

優雅な動作で一礼したルイーゼは、心得顔で部屋の隅に引き上げていく。

(いいえ、このままではよくないわよね)

一国の王太子を前に、ベッドに横たわったままというのは問題だ。降りて挨拶しようと身体に力を入れたら、背中に痛みが走った。

呻き声と共に、そこで動きを止めてしまう。

「そのままでいろ。問題ない。魔道具が効果を発揮してくれて本当によかった」

「殿下のおかげです。ありがとうございます」

礼を言えば、なんでもないというように、彼は首を横に振る。

そして、先ほどまでルイーゼが座っていた椅子を引き寄せると、そこに腰を下ろした。

（……でも）

命が助かったのは、エルドリックがくれた魔道具のおかげとして。

誰がアウレリアを発見して、ここまで連れてきてくれたのだろう。

馬車や持ち物を見て、貴族の娘だということまではわかっても、王族の別荘に運び込まれた理由がわからない。

聞きたいことがたくさんあるのに、なにから聞けばいいのかまったくわからない。先に口を開いたのは彼だった。

「馬車が盗賊に襲われたのは？」

「覚えています」

激しく揺れる馬車の中。護衛をしていた騎士達の言葉は覚えている。

馬車が、盗賊に襲われたと聞かされた。

盗賊に追われた馬車は走り続け、御者は怪我をして御者台から転げ落ちた。制御する者を失った馬車は、馬に引きずられるように走り続けて——そして。

思わず、両手で自分を抱きしめるようにして身を震わせる。

「殿下に助けていただけるとは考えてもいませんでした」

お守りとして渡してくれた魔道具が、アウレリアには想像もつかない働きをした。

おかげで命が救われたわけではあるが、エルドリックが助けに来てくれるなんて考えてもいなかった。

なにもわかっていない様子のアウレリアに、エルドリックはひとつひとつ説明してくれた。

あの指輪には、指輪が発動することがあれば、その位置をエルドリックに伝えるような術式も刻み込まれていたらしい。

「魔道具が緊急事態を告げたので、俺はすぐにそこに向かった」

「向かった？」

「ああ、たまたまこの別荘で仕事をしていたからな」

エルドリックはなんてことない口調で言うが、とんでもない効果を持つ魔道具である。もし、魔道具を渡されていなかったら、今頃どうなっていたことか。

「そんな大切なものを私にくださったのですね」

「予備もあるから問題ない。それに、国に戻ってから、新しく作らせたしな」

新しく作らせたって、これまた気楽に言うが、新しい魔道具を作れる者を探し出すのが大変なのに。

ベリアンド王国は、ゼノビア王国よりはるかに国力があると、ノクス商会を通じて知っていたつもりだった。けれど、知っているつもりであったと改めてつきつけられたようだ。

「それより、俺の考えが甘かった。どうせなら、もっと強力な魔道具を渡しておくべきだった。

そうすれば、あなたは無傷ですんだのだが」

　エルドリックは謝罪するが、そもそも魔道具が貴重なものである。

（命が助かったんだもの）

　アウレリアがこうしていられるのは、エルドリックのおかげである。転落した時の勢いを考えれば、魔道具がなかったなら間違いなく命を落としていた。

「殿下は、命の恩人です。ありがとうございます」

「……そう言ってもらえると、俺も気が楽になる」

　そう口にした時のエルドリックが、心からほっとしたような顔になる。一瞬見とれかけ、慌てて意識を戻した。

「それより、アウレリア嬢。あなたに話しておかねばならないことがある」

「なんでしょうか？」

「盗賊達の目的は、馬車に積まれているであろう金銭ではなかった」

　エルドリックの表情に、わずかにこちらを案じる色が混ざる。彼が次になにを言おうとしているのかわからず、沈黙を貫いた。

　嫌な予感がする。その予感の理由はわからないけれど、聞きたくない言葉が彼の唇から吐き出されるであろうことだけは想像できた。

「彼らの目的は、あなたの命だ」

「私の、命――」

誰が、と口にすることはできなかった。

高位貴族の娘として、アウレリアを引きずりおろしたい者は何人もいる。フィリオスの妃の座を狙う者もいるかもしれない。

だが、あんな風に直接的にアウレリアに攻撃をしかけて表舞台から退場させようなんて人物には、心当たりはなかった。

「――そんな、誰が」

唇から零れた声は、アウレリア本人が思っていたよりもずっと弱々しく響いた。上半身をかがめたエルドリックが、アウレリアの目をのぞき込んでくる。

「本当に、心当たりはないか？」

「心当たりなんて……」

本当に？　と、心の奥から囁いてくる声が聞こえた。

アウレリアをこの世から消し去りたいと望む者。

頭の中に、異母妹の声がよみがえる。

『フィリオス様が、うまくやってくださるもの』

もしかして、リリアンのあの言葉が意味しているのは。

ようやく思い至ったけれど、口にはできなかった。

「フィリオス・オルティノール」

エルドリックの唇から、どうしてもアウレリアには言えなかった名が出てきた。

アウレリアの婚約者。彼が愛しているのは、異母妹のリリアン。アウレリアを疎む男。

「リリアン・デュモンも共犯だ」

耳を塞ごうとしても、エルドリックの低い声はアウレリアの耳に入ってくる。

「……どうして」

どうして、エルドリックがそれを知っているのだろう。疑問に思ったのを、エルドリックはすぐに気づいたようだった。

「手の者に、調べさせた。——ああ、これは内緒でな」

人差し指を唇の前に立てて、片目を閉じる。アウレリアが襲われたのは国境地域ではあるが、ゼノビア王国内。本来ならば、エルドリックが勝手に調査をさせることはできないのだ。

だが、それで事実が判明したのなら、ありがたいと思うべきなのだろう。

（……だけど、あまりにも酷い）

婚約を解消するのではなく、殺そうとするなんて。

あの家に、自分の居場所なんてないと思っていた。穏便に立ち去る準備だってしていた。

婚約は解消すると言ってくれたなら、アウレリアだって婚約の解消に同意したのに。

それをせずに、あんな形で命を奪おうとするなんて。

一番憎いのはフィリオス――それから、リリアン。

（……私から、すべてを奪うつもりなのね）

侯爵家の娘という立場も、婚約者も、未来も。

リリアンが来なかったなら、父との仲があそこまでこじれることもなかっただろう。

父に愛されていないということはわかっていたが、少なくとも、互いに相手の領域を侵さない程度の配慮はできていた。

（……王妃陛下が、私の言葉を聞き入れてくださったなら）

フィリオスとリリアンの密会を見てしまった直後、王妃に婚約の解消を打診したこともあった。

侯爵家の血を引いているのは、リリアンも同じ。愛し合っているふたりが結ばれた方がいいのではないか、と。

だが、王妃はアウレリアの言葉には耳を貸さなかった。

『民のために尽くすのが、貴族の務め』と言われてしまったら、それ以上、反論なんてできるはずもない。

フィリオスもまた、母である王妃を説得するよりもアウレリアを『始末』する方を選んだ。

アウレリアが死亡したあとなら、ふたりは堂々と結婚できる。

（私は、私は……なんのために生きてきたの？）

シーツを掴む手に力がこもる。

愛して愛されての結婚生活なんて、望めないとわかっていた――それでも。アウレリアからは歩み寄ろうとしたつもりだ。

それに、こちらから離れるための提案だってしてきたのに。

じわりと目のあたりに熱がたまる。

これは、悔し涙なのか、それともそんな相手と穏便にやっていこうとした愚かさの後悔なのか。

「――アウレリア嬢」

それでも、耳に飛び込んでくるのはエルドリックの低い声。アウレリアはのろのろと顔を上げた。

「憎いか？」

顔を寄せ、耳に吹き込まれる彼の言葉は、まさしく悪魔の誘惑ともいえた。

今まで考えない様にしていたアウレリアの本音を、彼はたやすく引きずり出してしまう。

「憎い――ええ、憎いわ。憎いです。ものすごく、憎い」

自分を家族の中に紛れた異分子扱いしてきた家族も。

アウレリアをフィリオスに押しつけようとした王妃も。アウレリアを殺して、悲劇の主人公になろうとしたフィリオスも憎い。

憎い――すべてが、憎い。

「このままでいいのか？」

アウレリアの方に身を傾けたエルドリックが、耳にそう吹き込んでくる。

その低くて甘い声に誘惑されてしまいたくなる。

「このまま？」

「逃げるか？　それとも、復讐したいか？」

そっと、重ねられた言葉。それは、アウレリアの耳から身体中へと広がっていく。

エルドリックの台詞の後半は、より甘く聞こえた。まるで、アウレリアの思考を誘導しているかのように。

「復讐……したい……復讐するわ」

今まで、発したことのない声音だった。

復讐。

アウレリアを害そうとした者すべてに復讐を。そうでなければ、今までの自分が報われないではないか。

「やるか」

エルドリックの声音に、今までとは違う色がまざった。じろりと彼の方を見れば、わずかに口角が上がっている。

そんなに面白いのだろうか。

今まで唯々諾々と家族に従ってきたアウレリアが、復讐を誓ったのが、そんなに面白いのだろうか。

面白がっている、と直感的に思った。

（……この人は）

「アウレリア嬢、力を貸してやる。思う存分、復讐をすればいい」

「殿下の力を……？」

復讐に膨れ上がっていた気持ちが、その一言で、しゅんと萎んだ。

こんな提案をしてくる理由がわからなかった。

「なぜ、私にお力を？」

問いかけながらも、だまされてはだめだと警告する声が、心のどこからか響いてくる。

エルドリックは一国の王子。アウレリアの復讐に、エルドリックが力を貸す理由なんてない。

「なぜって——俺が、アウレリア嬢を欲しいと思っているから」

ドキリと鼓動が跳ねて、シーツを掴む手に、先ほどまでとは違う緊張がこもった。

エルドリックの声音は真摯なもので、そこには嘘なんて混ざっていないみたいに思える。

こんなにもまっすぐに気持ちを伝えられたことがあっただろうか。

「……殿下」

エルドリックに、なんと返事をすればいいのだろうか。アウレリアは、瞬きもせず彼を見つめていた。

＊＊＊

エルドリックがアウレリアに渡した指輪には、ベリアンド王国の持つ魔術の神髄が込められていた。

もともとは、エルドリックのために作られた指輪だ。小さくなってしまって、小指にはめていたが、新しく作って中指に移動させようと思っていたところだった。

指輪に込められている技術はふたつ。

ひとつ。装着者の身に危険が迫った時、一度だけ身を守るという効果。

それには、毒物も含まれていた。エルドリックが王族である以上、毒物を摂取させられることも考慮に入れねばならなかったから。

そして、もうひとつ。もし、指輪が効果を発した時、即座にその位置を事前に設定した者に伝えること。必要があれば、救援に迎えるように。

本来、知らせが届くのは父のところなのだが、アウレリアに指輪を渡す直前、伝達する相手がエルドリックになるよう設定を変更しておいた。

最初のうちは気づかなかったが、気づいてしまえばアウレリアの扱いは、貴族の家にしてはありえない冷遇ぶりだった。噂に聞くフィリオスとの関係も、侯爵家での扱いも。

こっそり手の者に調べさせれば、一見黙ってそれを受け入れているように見えていたアウレリアの行動は、普通の貴族令嬢では考えられないものだった。まるで、独立しようとしているみたいに。

みずから商会を立ち上げ、平民に混ざって働いているのを知った時は素直に感嘆した。なんて、行動力なのだろう。

売れ筋商品になりそうな品を見抜く目。自分より年上の男を表向きの商会主にする度胸。目が離せない存在だと思っていた。彼女がベリアンド王国に来てくれたなら、きっと面白いことが起こる。

だから、指輪を渡した。万が一の時、守りになってくれればいいと思って。

渡した時には、指輪が本当に必要になるとは思ってもいなかったのだが――自分の勘を信じて正解だったようだ。

エルドリックに指輪が発動した気配が伝わったのは、国に戻ってきてからひと月が過ぎた頃だった。

（……なにがあった？）

別荘にこもって仕事をしていたら、不意に指輪の発動を感じ取ったのだ。

指定された場所に急げば、そこには信じられない光景が広がっていた。

上の崖から転落したらしい、ばらばらになって散らばった馬車。動かなくなった馬。

そして、馬車の部品の間に倒れているアウレリアの姿。長い金髪が、そこだけ別物のように妙に印象的にエルドリックの目に飛び込んでくる。

「――アウレリア嬢！」

思わず駆け寄り、アウレリアの身体に覆いかぶさっている馬車の部品を放り投げた。

(息はしている)

凄惨な光景の中、命があることにほっとする。

これは、エルドリックの失態だ。

アウレリアの身に危害を及ぼそうとする者がいるのはわかっていたが、まさか馬車ごと転落させるとは想定外だったのだ。

アウレリアの身を守った魔道具は十分役目を果たした。命を落とすことはなかったが、怪我を負わせてしまったのは間違いない。

アウレリアを連れて、滞在していた別荘に戻る。

王族の持つ別荘は、いつ客人を連れて戻っても問題がないように、常にきちんと調えられている。

「医師はどうした」

「客室でお待ちです」

ルイーゼに命じると、すぐに返事が戻ってくる。

魔道具のおかげで、ダメージはかなり減少しているが、きちんと医師の手当を受けた方がいい。

（……どうして、こんなことになった……？）

額に落ちかかる髪を、そっと払ってやる。傷が痛むのだろうか。わずかに眉間に皺《しわ》が寄った。

――生きている。

改めて確認したその事実に、安堵《あんど》する。

目覚めかけたこの気持ちに、なんと名前をつければいいのだろう。

医師の診断も、打撲が少々という程度のもので、数日ぐらいは痛みで動けないかもしれないが、大きな問題はないという話だった。

近々戻る予定だった王宮には使者を走らせる。ついでに、急ぎの仕事まで持ってきてもらったが、まったく手につかなかった。

変な話だ。

王太子という立場から、今まで何人もの女性に引き合わされてきた。容姿も能力も家柄も問題ない優れた女性ばかり。だが、誰にも興味を持てなかった。

だが、こんな風に誰かのことが気になってしかたないなんて、今まで一度もなかった。

ただの事故ではなさそうだ、と気づき、アウレリアの周囲でなにがあったのかも合わせて調査させる。普通なら難しいが、無理を言って王家の諜報機関を動かした。

（我ながら、苦しい言い訳だったかもしれないな……）

とひとり苦笑いしたのは、王家の諜報機関を動かす理由として「我が国との国境付近で貴族令嬢が襲われた。我が国に牙を剥く意思があるのかもしれない」というものだったからだ。

ベリアンド王国の令嬢ならばまだ通じる理由だったかもしれないが、アウレリアは他国の令嬢だ。それでも父が許可を出したのは、気持ちに気づかれているのかもしれない。

いや、考えてもしかたない。

それより、問題はフィリオスだ。

一国の王子ともあろうものが、盗賊を雇って婚約者を殺そうとするなんて。

異母妹のリリアンとの密会を目撃したのは事実だが、それならば婚約を解消すればいいだけのこと。アウレリアを殺そうとする理由は、わからない。

今まで得た隣国の知識と、今届けられた調査結果をもとに頭を悩ませる。

そもそもアウレリアとフィリオスの婚約は、第二王子であるフィリオスの後ろ盾になる家を求めて決められたものだったはず。ならば、次女のリリアンでもいいではないか。

なぜ、アウレリアとの婚約を続けたまま、リリアンと密会していたのだろう。リリアンも、それでよしとしていたようだ。

資料を指で追う。

ふと、気づいてしまう。

（……これか？）

個人の財産を持っていたアウレリアの母は、亡くなる前にそれをアウレリアに遺した。

家門の財ではなく、個人の財であったことから、アウレリアが結婚するまで、もしくは二十歳になるまで、本人も手をつけることができないように設定してあった。

もし、アウレリアとの婚約を破棄してリリアンと結婚したならば、その財を手に入れることはできない。アウレリア個人の持ち物だからだ。

だが、アウレリアが条件を満たす前に亡くなったならば、その財は侯爵家のものとなる。つまり、娘に甘い父親を通じて、リリアンが自由に使えるようになるわけだ。

結婚してからアウレリアを殺せば、財産はフィリオスのものだ。だが、そうしなかったのは、同じ家から妃を迎えることに反対の声があがると予想したからか。

そう考えると、胸のむかつきを抑えられなくなった。

ノクス商会の店で、顔を合わせた時のことを思い出す。彼女は、自分が莫大な財を受け継ぐことなどまるで気にしていないようにくるくると働いていた。

実際、彼女が見立ててくれた品は完璧だった。妹も喜んでくれたし、珍しいと大切にしてくれている。

そんな彼女を殺そうとするなんて。

(……もし、彼女がこれを知ったなら)

婚約者や異母妹との仲はあまりよくなさそうではあったけれど、それでも、こんな風に殺されていいわけではない。

だが、事実をアウレリアに伝えていいものかどうかは迷った。

アウレリアの意識が戻ってから、本人の様子を見て考えよう。

この時、エルドリックはまだ気づいていなかった。

自分の心の中に目覚め始めている感情に、どんな名前をつけるべきかを。

＊　＊　＊

傷はたいしたことはないという話だったけれど、動けるようになるまでは二日かかった。

(絶対に、許さないんだから……)

こちらはできる限り最大限の譲歩をしてきたつもりだ。

それなのに、命を奪われるなんて納得できない。動けない間、頭を働かせることはできたから、誰にどんな形で復讐したいのかをひたすら考え続けた。

「アウレリア嬢、今日は動けそうか?」

「殿下、ええ……だいぶよくなりました」

ひとつ、気になるとすれば、エルドリックがしばしばこの別邸を訪れることである。

もちろん、この屋敷の主は彼だ。訪問を断る理由もない。

命の恩人であるし、アウレリアの復讐に協力してくれるともいう。

けれど、彼と顔を合わせると、どうにもこうにも落ち着かない気分になるのだ。こんな風になるのは珍しい。

「それなら、着替えて外に出てみないか。このあたりは王家の保養地で、景色のいいところがたくさんあるんだ」

「ありがとうございます、すぐに支度をしてもらいますね」

さすがは王家の別邸というべきか。

外出着をお願いすると、すぐに用意されたのは、ピンクの可愛らしいワンピースと歩きやすそうな靴。今日は日差しが強めなことを考えてか、つばの広い帽子と日傘も合わせて用意された。

「お待たせいたしました」

着替えて玄関ホールに下りた時には、エルドリックはすでに待ち構えていた。用意された服を見た時に思ったのだが、どうやら今日は『お忍び』ということらしい。

エルドリックもいつものきちんとした服装ではなく、シャツにベストにトラウザーズといった庶民と大差ない服装だ。『リアーネ』に来た時と同じような格好だった。

もっとも、身に着けているのはいずれも品質のいいものだし、そもそも彼の発する気品というか存在感は隠しようもない。

（……どうかしているわ）

アウレリアは、ひとつ、ため息をついてエルドリックが差し出してくれた手に自分の手を重ねた。今、鼓動が跳ねた気がした。どうかしている。

こういう時、他の人と比べるものではないというのはよくわかっているつもりだが、婚約者のフィリオスはアウレリアを見た時にこんなに表情を柔らかくしたことはなかった。

いつも、不愉快そうに眉間に皺を寄せてアウレリアを見る。エスコートのために腕を差し出すのもしぶしぶで。

愛されていないなんてわかっていたけれど、それでも、フィリオスと顔を合わせるのは憂鬱だった。

（もっと早く殿下に伝えておけばよかったのかしら）

アウレリアのことを嫌っているフィリオスに、婚約解消できるよう動いていると告げたら、違った未来もあっただろうか。互いを支え合う努力をしたかった。

「少し、歩けるか？」

「……はい」

フィリオスのことを愛していたわけではないけれど、きちんと向き合いたかった。憎しみを覚え、復讐を誓った今も、その後悔は残っている。

そっと右手に左手を重ねてみる。

エルドリックの指輪は、まだ、そこにはめられていた。衝撃で魔道具としての機能は失われてしまったけれど、なんだか手放せないのだ。

――もしかしたら。

とっくの昔に、エルドリックに気持ちを寄せてしまっていたのかもしれない。

デュモン侯爵令嬢であった間、アウレリアを気遣ってくれたのは、ノクスとわずかな使用人をのぞけば、エルドリックだけだったから。

「これから、どうするつもりだ？」

「……そう、ですね」

視線を落とす。

とりあえず、エルドリックにお願いして、ノクスに生きているという連絡だけはさせてもらった。近いうちに、ノクスとは会うつもりだ。

ベッドから動けなかった間に、誰にどんな復讐をするか考え続けた。そしてまだ、考えている。でも、この先どう行動すべきか、まだ答えが出ていない。

「命までは取らなくていいか、とは考えています。だって……そこまでしてしまうと、こちらに非難の目が集中しますし」

必要以上の報復は、アウレリアに周囲の警戒心を向けることになる。あくまでも、復讐は優雅に執り行わなければならない。

「社会的地位を奪って、ぼろぼろにしてやるというのが一番彼らに痛みを与えられるでしょう。ついでに、幸福に生きている私を見せつけてやればもっといいでしょうか」

今までアウレリアを踏みにじってきた彼らが、今度はアウレリアを見上げる立場になる。その時の彼らの胸のうちは、容易に想像できた。

アウレリアを殺そうとした罪で殺してしまうこともできるかもしれないが、それでは彼らの苦しみは一瞬だ。長い間踏みにじられてきたアウレリアの無念は、きっと彼らには伝わらない。

「まだ、時間はある。ゆっくり考えればいい」

「そうゆっくりもしていられません。だって、三か月後から半年後には葬儀が行われるでしょうから。私の『遺体』は見つかっていないにしても、死んだものとして扱われることになるはずです」

旅の途中に、行方不明になるというのはそう珍しい話ではない。そのため、行方不明になってから、だいたい半年、早ければ三か月後あたりに葬儀を行うことがある。

生きていると信じていれば、葬儀までの期間が、半年、一年、二年と長くなるけれど、あの家の人達は早くアウレリアを死んだことにしたいはず。

となれば、三か月後から半年後の間には葬儀を行い、死んだものとして扱うだろう。

「アウレリア嬢の好きなようにすればいい」

こんな風に言ってくれる人がどれだけ貴重なのか、アウレリアは知っている。貴族の男性の多くは、女性を自分の支配下に置きたがるものだから。

「それより、街を見てみよう。国境が近いから、いろいろなものが入ってくるんだ」

「国境の街は、にぎやかだと聞いていました。たくさんの人が行き来して、珍しい品がたくさん入ってきて」

ノクスと商会を立ち上げたものの、アウレリアは長期にわたって、商品を探しに行ったことはなかった。

信頼できるノクスがいて、彼の目利きによる品々を販売してきた。謹慎を理由に国境を見に行くつもりだったが、その機会は失われた。

ここで、その機会を取り戻せるとは思ってもいなかった。

エルドリックの別荘は、海に近い位置にあった。

港には大きな船が停泊している。今まで見たことがないほど、たくさんの荷物が船から下ろされていて、それぞれの目的地に運ばれていく。

人も馬もきびきびと動いていて、彼らの働きぶりを見ているだけでも気持ちがいい。

「素敵！　すごいすごい！　私、こんなの見たことなかった」

思わず、興奮した声をあげてしまった。あげてから、淑女らしくなかったかと赤面するが、エルドリックは気にした様子は見せなかった。

「だろ？　ここは、ベリアンド王国でも有数の商業港なんだ。世界中の船がこの港にやってくると言っても過言ではない」

真っ白の帆が美しい船。

船首に飾られた海の女神の像は、航海の安全を祈念してのものだそうだ。いったん海に出てしまえば、あとは自然の力に逆らえない。

だからこそ、豪快な船乗り達は迷信深いのだとエルドリックは港を歩きながら説明してくれた。

「これらの商品は、命がけで運ばれてきたものなのですね」

今まで、なんとなく海は危ない、そして、船乗り達は命がけというのはわかっていた。だが、現実のものとして認識していなかったような気がする。

「そうだ。だから、大切に商うと、王宮に出入りする商人が言っていたな」

商人にとっても、海を越えた貿易は博打。船が沈んでしまえば、商品も人員も運搬方法も失うことになる。

それだけに、港に船が無事に戻ってきた時の喜びは大きいのだそうだ。

（――私の世界は）

視界のずっと先に見える水平線。空の青、それを映す海の色。時々白い波が立ち上り、海面に上がってきた魚を狙っているのか、猫の鳴き声に似た声を響かせながら、海鳥達が急降下してはまた急上昇する。

（……私の世界って、本当に狭かった）

今までアウレリアが知っていたのは、王宮と侯爵家、そしてノクス商会の店舗だけ。

貴族の令嬢としては、行動範囲に商会が入ってくる分、少しだけ広いかもしれないが、この海を見ていたらそんなことも言えなくなった。

「私、意外と心が狭かったみたいです」

ぽつり、とつぶやく。

広い海を見ても、その先に広がる世界に想いをはせても、爽やかな海風に頬を撫でられたとしても。復讐心は消えなかった。

「世界は広いのに、あの人達に一矢報いてやろうという気持ちが消えません」

正直な言葉が口からこぼれ出る。

こんなことを言ったら、エルドリックに疎まれるかもしれない。そう思ったけれど、この気持ちを口にしないまま、エルドリックの側にいるのは違うような気がした。

「いいんじゃないか？　それで、アウレリアが先に進めるのなら」

不意に呼び捨てにされる。

とたん、鼓動が跳ね上がった。

――困る。とても、困る。

まだ、恋なんて考えられない。なのに、ときめく。困る。とても困る。

「呼び捨てにするのは、まだ、早くありませんか?」

「……そうだな、でも、呼びたかった」

「困ります……それは、困り、ます」

真っすぐに向けられる好意。それに気づかないほど愚かではないつもりだ。でも、その反面、その好意を素直に受け入れてしまうのが怖い。

まだ、自分は、エルドリックの隣に立てる人間ではない気がして。

「困らせるつもりは、なかった――だが、先に言っておかなければならないと思う」

エルドリックとアウレリアの間に、沈黙が落ちる。

その沈黙がなにを意味しているのか、アウレリアはうっすらと理解した。エルドリックも、わかっているのだろう。

彼がその言葉を発してしまったら、確実にふたりの関係は変わってしまう。

「アウレリア・デュモン侯爵嬢――俺は、あなたに求婚する。あなたを、愛していると気づいた。あなたを失ったのではないかと思ったその時に」

それでも、エルドリックは止まらなかった。彼は、ふたりの関係が変わるのをまったく恐れていない。

「復讐心を捨てられないような醜い女です、私は」

アウレリアがなにを言ったところで、エルドリックは変わらないのだろう。それでも、言わずにはいられなかった。

この一点だけは、彼にきちんと伝えておかなければ。

「たきつけたのは俺だ」

エルドリックが笑う。その表情に、アウレリアの目が吸い寄せられる。

「構わない。俺には、あなたが必要だ。あなたが、自分がなすべきと思ったことを終えたら、俺との人生を考えてほしい。それまで待つ」

復讐を終えてからと彼は言ったけれど、アウレリアの気持ちはもう固まっている。

「喜んで、お受けします。殿下の隣に立てるよう、きっちり、やるべきことはやり返してきます」

返事は、迷わなかった。

アウレリアからすべてを奪おうとした者達にしっかりとやり返す。後ろを振り返ることなく、新しい未来に向かって歩めるように。

エルドリックが、アウレリアの右手を持ち上げる。そして、恭しく、以前は彼のものだった指輪に口づけたのだった。

第四章　復讐の幕を上げる時

アウレリアがゼノビア王国に戻ったのは、身体が完全に回復したあとのことだった。ここまでで、アウレリアが襲われた日から二週間が過ぎている。

（……人間って、きっかけがあれば、大きく変わるのね）

そんなことを聞いたことがあったような気もしたけれど、自分が実際に経験するなんて、想像したこともなかった。

以前のアウレリアは、復讐なんて考えなかった。家族から冷遇されても、婚約者から不当な使いを受けても、その場をやり過ごすことを選んできた。

それが、彼らを増長させたのかもしれない。アウレリアは、いくら踏みつけにしてもいいと、思わせてしまったのかも。

だが、それと復讐は別問題だ。

使いの者を出し、ひそかにノクスと会う手筈を整える。

ノクス商会の本部までは、エルドリックが送ってくれた。

訪れたノクス商会の本部。他の使用人はすべて帰してしまい、ノクスはひとりアウレリアを待っていた。

「アウレリア様！　本当によかったです！」

「ありがとう。私も、ここに戻ってこられてよかったわ」

商会長の部屋は、アウレリアの好みである重厚な家具で統一されていた。中古の家具を扱う店を何軒も辛抱強くめぐり、入手してきた品々である。

ただの中古ではなく、『アンティーク』とみなされる由来のある品ばかり。

見る目を持つ者がこの部屋に入ったならば、この家具を選んだ者の目利きに感嘆することだろう。

アウレリアお気に入りのテーブルを挟み、ソファに腰を下ろす。

まず気になるのは、行方の知れないアウレリアが、この国でどういう扱いになっているかだ。

「アウレリア様は盗賊に襲われて亡くなった、と――遺体は、森の獣が食べてしまったために見つからなかったという噂です」

「遺体が見つからないのであれば、獣のせいにするしかないでしょうね。エルドリック殿下が調べてくださったのだけれど、馬車を襲ったのは盗賊ではなくて、私を殺そうとした人達なの。そして、私の婚約者と繋がっているらしいわ」

アウレリアの婚約者といえば、フィリオスである。王子がアウレリアを殺そうとするなんて、とノクスは目を丸くした。言葉も出ないらしい。

アウレリアも驚いたのだから、ノクスが衝撃を受けても当然だ。

（ノクスには、隠し事はしないって決めているもの）

アウレリアは、ノクスを見出した時からノクスを信頼すると決めている。だからこそ、商会の共同経営者にしたし、彼にすべてを任せてきた。

今回の計画についても、ノクスにはなにも隠さない。それが、彼への信頼だ。

エルドリックも、アウレリアに協力を惜しまないとは言っていたけれど、誰に協力を頼むかはアウレリアの決めることだと、彼は口を挟もうとはしなかった。

「なにをするおつもりなのです？」

ノクスも不安なのだろう。声がわずかに強張った。

アウレリアは、ゆっくりと首を振る。

復讐しないか、と持ちかけてきたエルドリックの求婚はありがたく受け入れた。だが、今のアウレリアは生死不明のまま。

元の身分を取り戻さない限りエルドリックとの婚姻が認められるはずはないし、元の身分を取り戻したところで、フィリオスとの婚約が決まっている以上、どうしようもない。

「なにをって王妃陛下のお望みどおりにするだけよ」

「王妃陛下の望むように、と言うと？」

「ねえ、ノクス。王妃陛下は私にこうおっしゃったの」

今でも、耳の奥に残っている王妃の言葉。

アウレリア個人の想いなんて、どうでもいいのだと真正面から突きつけられた。

王妃の言葉通り、アウレリアは『民のために尽くす』つもりだ。そうすれば、彼らは勝手に自滅していく。

「貴族たるもの、民のために尽くすべきなんですって。だから、王妃陛下の望むようにしようと思うわ」

再びくすくすと笑う表情は、王妃の言葉にまったく重きを置いていないと告げている。だが、ノクスもまたそれでよしとしたようだった。

「承知いたしました。では、なにから始めますか」

「まずは、しっかり準備をしなくてはね」

「準備、ですか？」

「ええ。うかつな行動を取れば、こちらがしっぺ返しを食らうでしょう？　じっくり準備して、時期を見て、相手を揺さぶるの」

いつ、行動を起こすのかももう決めている。アウレリアの葬儀の時だ。それまでの間は、情報を集めながらここに潜伏する。エルドリックとも、連絡を取らないと決めている。

「リアーネでミアとして働いて、情報を集めるわ」

エルドリックがすぐに救ってくれたからか、事故の後遺症はまったく残っていない。店に出るのに、なんの問題もなかった。

「それもよろしいでしょう」

「ええ。彼女達の噂話ってけっこう重要な情報が交ざっているものね」

ノクス商会の店では、貴族のお嬢様達の口はとても軽くなる。接客している間も、様々な情報が入ってくるのだ。

もちろん、従業員には秘密を守るよう厳命しているし、守れなかった者は即座に解雇してきた。

(今までなんともなかったんだもの。今さら『アウレリア』だと見抜かれることもないでしょうしね)

アウレリアがまだ侯爵家にいた頃、何度もミアとして店に立った。異母妹にもその友人達にも、ミアとして接客したが、一度も気づかれていない。

その他の貴族令嬢も、ミアとアウレリアが同一人物だと気づいた者はいなかった。死んだことになっている今、正体がばれる危険はますます小さくなったと言っていいだろう。

「では、ミアは商会の寮に住み込むことになったとしましょう。五階の部屋をお使いください」

まずは住む場所だ。

ちょうど、『リアーネ』の従業員用の宿泊室に一室空きがある。ノクスの申し出で、そこを使うことにした。

こうして、王都で生活しながら、アウレリアは店に立つことになった。

平民向けの店である『リアーネ』は、今日もにぎわっている。

アウレリアは、顔に接客用の微笑みを張りつけて、令嬢達の前に立つ。

「ねえ、こちらのサファイアを使った髪飾りは、これひとつ？」

「はい、お嬢様。同じデザインで、ルビーとエメラルド、それに真珠をあしらったもの等もございますが、サファイアはこれ一点のみでございます」

「……これにしようかしら。それとも、そちらの青い石の方がいいかしら」

「そちらは、ブルートパーズです」

「……悩むわ」

今、令嬢達が一生懸命見ているのは、貴族が身に着けるには安価な髪飾りである。

小粒の宝石を多数集めて、銀の台座に留めた髪飾りだ。夜会の場には向かないが、デザインは可愛らしく、仲間内のお茶会ぐらいならば使用できる品である。

「あなたはどちらがいいと思う？」

「そうですね、お嬢様の目のお色に合わせるならば、サファイアでしょうか」

「そうね、私もそう思うの」

「婚約者様のお色に合わせるのでしたら、ブルートパーズを」

そう続けると、相手は驚いたように目を見張った。アウレリアは、申し訳なさそうな笑みを作った。

「もしかして、勘違いでしたでしょうか……？　お嬢様のお持ち物、淡い色合いのものが多かったので、婚約者様の目の色に合わせたのかと」

彼女が手にしているブルートパーズを使った髪飾りは、淡い色合いの石をはめたものである。サファイアの色合いとは違うし、彼女のその他の持ち物が皆淡い色の青系だったから、そうではないかと思ったのだ。

「いえ、そうよ、そうなの。でも、この品は婚約者と出る場には使わないだろうから……」

勘が当たってよかったとほっとしながら、アウレリアは言葉を重ねた。

「ブルートパーズをお勧めしますわ。お嬢様のお気持ち、こちらまで伝わってきますもの。きっと、お友達にも」

「……恥ずかしいわ」

そう初々しく頬を染める彼女は、アウレリアの提案が気に入った様子だった。

ブルートパーズの髪飾りだけではなく、同じデザインでサファイアを使った髪飾りも買い上げるという。

「どちらを使うか、その日の気分で決めるわ」

そう言ったけれど、おそらく、サファイアの髪飾りは出番がないだろうという気がした。

それはともかく、彼女が、リリアンの取り巻きのひとりであるのは知っている。ここからが本番だ。

「……デュモン侯爵家のお嬢様、お元気ですか？」

「リリアン様？」

さらに他の品もアウレリアに見繕ってもらいたいというので、付き合いながらふと思い出したように口にする。

「いえ、アウレリア様です。使用人への贈り物にしたいと何度かご利用いただいたことがありまして」

最近、姿を見せていないから心配なのだというように眉を曇らせた。本人はここにいるし、まったく心配はしていないが。

だが、相手の方はアウレリアの言葉を違うように受け止めたようだった。

「ああ、平民のあなたは知らないのね？　アウレリア様は……行方不明なの」

「まあ」

恐ろしい、と言わんばかりにアウレリアは手で口を覆った。

目も大きく見開き、完全に固まってしまった様子のアウレリアに、相手も警戒心を解いたようだった。

「盗賊に馬車が襲われて、行方不明なのですって……でも、デュモン侯爵家にはその方がよかったのではないかしら？」

「なぜです？」

「だって、あの方、おとなしい見た目に反して……性格の方は」

それ以上は言えない、というように彼女は目を伏せた。

貴族らしい対応と言えばそうなのだが、今はここで思いきりアウレリアの悪口を吐き出してもらわねば困る。

「とても親切な方でしたのに」

「あなたは、そう思うでしょう。このお店でたくさん買い物をしたでしょうし」

相手は、アウレリアの耳に口を寄せて囁いた。

「異母妹であるリリアン様のお友達を奪ったのですって」

「お友達を奪う……？」

「ええ、使用人に気前よく贈り物をしていたのも、きっとリリアン様を侯爵家で孤立させようとしたからでしょう」

アウレリアの沈黙を、相手は自分のいいように受け取ったようだった。

「そのお金、どこから出たと思う？」

「……お嬢様個人の資産からではないかと」

少なくとも、アウレリア本人の認識はそうだ。

母が生きていた頃から侯爵家で働いていて、アウレリアによくしてくれた使用人達に、しばしば贈り物をしていた。財源はもちろん、ノクスとの仕事で得たアウレリア個人の資産である。比較的安価な装身具やハンカチ、バッグといった小物もそうだし、ノクス商会が経営している菓子店の焼き菓子を持って帰ったこともある。

アウレリアによく仕えてくれる使用人達にお返しをするのを、アウレリア本人はまったく悪いことをしているとは思ってもいなかった。

「侯爵家の資産を勝手に使っていたのですって、恐ろしい」

恐ろしいのは、そんなことをべらべらと話している彼女の口である。他家のことを、よくもまあそこまで勝手に言えるものだ。

間違いなく、リリアンが吹き込んだのだろうけれど。こうやって、自分の味方を増やしていたのか。

(私にはまったく心当たりがないのだけど)

侯爵家の資産を持ち出したことなどないし、リリアンを孤立させようと思ったこともない。

あの家で孤立していたのは、アウレリアだった。

忙しい日々を送っているからしかたないのだが、友人も多い方ではない。

「あなたみたいな平民にはわからないでしょうね。貴族の家っていろいろあるのよ」

「そうなんですね」

にっこりと返しておいたが、目の前で相手の家に見切りをつけた。

いくら若い娘とはいえ、こうやって他家の内容をぼろぼろと口にするような教育のできない家には近づかないに限る。

アウレリアが情報を引き出そうと誘導したのも否定はできないが、他家の噂話を軽々しく口にするような相手、信用できない。

同じようにして、次々にやってくる令嬢達から情報を引き出してみると、どうやらアウレリアはものすごい悪女になっているようだった。

フィリオス王子という婚約者がいながら、不特定多数の男性と不純な交友関係を持ち、家では異母妹をいびって追い出そうとする。彼女の交友関係についても、アウレリアが口を挟み、社交界で孤立させようとしているのだとか。

それは、どこの世界のアウレリアの話なのだろうか。

「で、どうするんです？」

数日かけて情報を精査したところ、ノクスは呆れた顔になった。アウレリアが、のんびりしすぎていると思っているようだ。

「そうね、噂の出どころはなんとなくわかったわ」

ここ数日、貴族の令嬢達の相手をしていて気づいたことがある。

この店だけではなく、飲食店でも情報を集めたし、宝石商のお供で貴族の屋敷を訪問することもしてみた。

その結果、噂の出どころは、リリアンの友人達であるというところまでは掴めたのである。

（こんな噂を流してくれる友人がいるのならば、孤立しているはずないでしょうに）

だが、人間は見たいものしか見ないということをアウレリアはわかっていた。

「クラーラ・ベネディクト伯爵令嬢、エミリー・ヴォーン伯爵令嬢について、情報を集めてもらえる？　なんでもいいわ。彼女達の弱み、強み、なぜ、リリアンの側にいるのか」

リリアンの取り巻きは何人かいるが、彼女達が一番リリアンに近いらしいというのは、ふたりが侯爵家に出入りしていたから知っている。

また、彼女達が好んでリリアンの側にいるわけではないらしいということも合わせて理解することができた。

「このふたりですか？」

「ええ。リリアンを追い落としたいのであれば、まず彼女達をどう動かすのかを決めなくては、ね」

今まで、デュモン家でおとなしく生活していた時とはまったく違う高揚感がアウレリアの身を包む。

誰も、アウレリアの言葉なんて信じてくれなかった。貴族としての義務を果たそうとしていたのに、皆、アウレリアには負担ばかり押しつけてきた。

（……エルドリック様だけだわ）

彼の名を思い浮かべただけで、胸が温かくなる。もう、すっかり彼に気持ちを寄せてしまっている。


エルドリックが再び店を訪れたのは、アウレリアが帰国してひと月後のことだった。

王太子がそんなにしばしば国を離れて大丈夫なのかと思うが、今のところ国内は平和で、他国に援助できる余裕まである。今のところ大きな問題にはなっていないそうだ。

連絡は取らないようにしていたから、彼と話をするのは久しぶりである。

「楽しそうな顔をしているな」

「だって、悪だくみをしているんですもの」

今日、エルドリックが面会を希望したのは、ノクス商会の商会長室だった。ノクスも追い出してしまい、部屋にいるのはふたりきりである。

扉もしっかりと閉じてしまっていて、貴族の令嬢ならばありえない状況だ。

だが、今のアウレリアは貴族の令嬢ではないから、問題にはならない。それより、会話の内容を他の人に聞かれてしまう方が問題である。

「それで、計画の方は順調なのか？」

「ええ。ゆっくり、じっくり、進めているところです」

「すぐに決着をつけてしまえばいいのに」

エルドリックが不満そうな顔をしているのは、アウレリアが復讐を終えるまでこの国を離れないと決めているのを知っているから。

「だって、ほどよい復讐をするのは難しいのですよ？」

堂々とエルドリックのもとに早く行きたいのはアウレリアだって同じだ。

だが、そのために復讐がお粗末になるのでは、本末転倒である。

「生かさず殺さずという言葉があるではありませんか。復讐もそれと同じようなものです。やりすぎず、足りないこともなく、ちょうどいい塩梅にしないと」

悪女になるのはまったく構わないが、美しくないのは困る。

復讐はあくまでもスマートに。必要以上の復讐は、逆にアウレリアの立場を悪くする。

「面白くないな――俺以外のことを考えているのは」

エルドリックが、素直に不満そうな顔をする。それを嬉しいと思ってしまうのだから、どうかしている。

アウレリアの動向を彼がこんなにも気にしてくれるなんて。

「復讐のことを考えている時以外は、私の頭の中はエルドリック様のことでいっぱいですよ？」

「本当か？」

エルドリックの表情が、パッと明るくなった。嘘はついていない。毎日、夜寝る前には早く彼のところに行きたいと考えている。

彼のこんな顔を見られるのは、アウレリアだけである。テーブル越しに伸びてきた手が、アウレリアの右手を包み込んだ。

大きくて温かな手。アウレリアが望んでも与えられなかったぬくもりがここにある。

このぬくもりに浸っていたい気もするけれど、アウレリアはその手をするりと引き抜いた。

「嘘です。商会のことを考えている時間もありますから」

きっぱりとそう言えば、エルドリックは目を丸くした。次の瞬間には、深々とため息をつく。

「一瞬喜んだ俺が馬鹿みたいじゃないか！　こんな悪女見たことない！」

「悪女はお嫌いでしたか？　商会員の生活がかかっていますから、商会のことも考えないと」

ノクスのことは信頼している。

すべて彼に任せてしまってもいいと思っているのだが、ノクスとしては共同経営者という立場である以上、アウレリアを無視するわけにはいかないと思っているらしい。

「それは、わかっているが――俺をこんなに振り回すのは、あなたぐらいだ」

エルドリックのことばかり考えていては、商会が立ち行かなくなるかもしれない。多数の生活をアウレリアが握っているのは間違いないのだ。

ノクスという信頼できる相棒がいたとしても、その点をおろそかにするわけにはいかない。

「調子に乗りすぎないように気をつけます」

先にアウレリアの方から口にする。

エルドリックを振り回していると思えば、正直悪い気はしない。

物事には限度というものがある。やりすぎて嫌われるようでは本末転倒だ。

「本当に、あなたにはかなわないな」

困ったような顔をしてエルドリックは笑うと、引き抜いたばかりのアウレリアの手をもう一度自分の手の中に包み込む。そこにそっと口づけられて、今度赤面したのはアウレリアの方だった。


デュモン侯爵令嬢が行方不明になったという痛ましい事件から三か月後。

大切な娘の捜索を必死に続けてきた侯爵だったが、いつまでもアウレリアのことを引きずっているわけにもいかない。

きちんと葬儀を執り行わなければ、亡者の魂は、いつまでもこの世をさ迷うことになる。

生存を信じていれば、もう少し葬儀までの時間は空けるものだけれど、状況から考えれば、生きている可能性は限りなく低い。

葬儀が行われることになったのは、王都の中心にある大聖堂であった。

本来この場所は、王族にしか使用を許されない。フィリオスの願いで、王族に準じる扱いを受け、特例でアウレリアの葬儀を行うことになったのである。

近いうちに、フィリオスとアウレリアの婚儀も、ここで執り行われるはずだった。

集まっている人達は、一様に悲痛な面持ちであった。

アウレリアが悪女であったという噂は広まっているが、若い貴族令嬢が盗賊に襲われ、命を失ったのは、痛ましい事件であるのは間違いない。

ある者は侯爵令嬢の死を悼み、ある者は自分の娘でなくて本当によかったと若干不謹慎に胸を撫でおろし。

また、ある者はいよいよ自分の時代が来るのだと胸を膨らませていた。アウレリアがいなくなった以上、王子妃の座が開いたわけだから。

美しいステンドグラス越しの光が、参列者達の上に降り注いでいる。

様々な色合いに煌めく光は、荘厳な光景であった。それは、若くして亡くなった令嬢の死を、天も悼んでいるかのようだ。

参列者達の正面に横たわっているのは、木製の彫刻が美しい棺であった。もちろん、中は空である。

アウレリアの遺体の代わりに中におさめられているのは、アウレリアのドレスのうち一着。

国王夫妻、グレゴリー、フィリオス、と参列者達の手によって美しい花々が棺におさめられ、土の下に埋められることになっている。

「娘よ、どうしてこんなに早く父を置いて行ってしまったのだ」

と、デュモン侯爵が嘆けば、夫人はその横で涙を拭う。

空々しいと思った者もいたかもしれない。

アウレリアに対する悪い噂があっても、デュモン侯爵家におけるアウレリアの扱いを苦々しく思っている人もいる。

「お異母姉様……どうして、こんなことに。あの時、別荘に行くと言ったのを止めておけば」

噂をバラまいておきながら、リリアンもまた棺の前で頭《こうべ》を垂れる。巧みに涙まで零している。

（……よく言うわ）

教会に仕える神官に金貨を握らせ、誰にも気づかれず中の様子をうかがっているアウレリアは心の中でつぶやいた。

アウレリアからすべてを奪い、家から追い出そうとしていたくせに。

それだけではない。

アウレリアの命まで奪おうとしていたくせに。

思えば、人目を避けた方がいいと別荘に行くことを決めたのも、思考を誘導されていたのかもしれない。あの頃の自分はきっと、とても操りやすい人間だった。

「……彼女は、とても聡明な人であった。会話をかわしたのは一度だが、惜しい人物を亡くしたものだ」

参列者達が、ひとりひとり花を捧げる頃になってそうつぶやいたのは、エルドリックであった。隣国の王太子がこの場にいることに気づいた人達がざわめき始める。

（エルドリック様、なにをやっているの……！）

アウレリアは、心の中で悲鳴をあげた。

王族ならばともかく、隣国の王太子がアウレリアの葬儀に参列するなんてありえない。

エルドリックが手にしているのは白い薔薇だ。惜しむようにその薔薇を額に押し当て、誰もいない棺の中にそれをおさめる。

（楽しんでいるわ、あの方……！）

アウレリアがどこにいるのか、エルドリックはわかっているのだろう。

ちらりとこちらに向けられた目は、たしかにこの状況を楽しんでいた。わずかに口角まで上がっている。

（……私に、どうしろと言うの）

ここでじりじりと自分の出番を待ち構えているアウレリアもアウレリアだと言われれば、それまでではあるのだが。

エルドリックも質《たち》が悪い。茶番劇を、一等席で見守るつもりらしい。

（でも、今さら止めるわけにはいかないわね）

エルドリックに見られていると思うと微妙な気持ちになるが、もうあとには引けない。やり遂げるしかない。

葬儀は粛々と進められていく。

棺に花を捧げる人は、時には声に出し、時には心の中で別れを告げていく。ここから見ている限りでは、本気でアウレリアを悼んでいる人は、参列者達の中にはいなそうだ。

ノクスの姿は、当然この場には存在しない。ノクス商会とアウレリアの間には、表向きには繋がりがまったくないからである。

（……いよいよね）

最後のひとりが、花を捧げるのを待ち、アウレリアはゆっくりと身を潜めていた場所から移動を始めた。隠れ場所から外に出て、神殿の正面入り口に回る。

今度は、扉の側に身を潜めた。

中にいる人達に気づかれないよう、そっとのぞきこんでみる。

皆、こちらに背中を向けていて、正面に置かれている棺の側に並んで出てきたフィリオスとリリアンに意識を奪われている。

並んで立ったふたりは、葬儀の場にはふさわしくない晴れやかな笑みを浮かべていた。

「皆に聞いてほしいことがある。私は、リリアン・デュモン侯爵令嬢と結婚することに決めた」

皆、アウレリアに背を向けているから表情まではわからないが、参列者の中には、フィリオスのこの発言に顔をしかめる者もいただろう。葬儀の場で婚約を発表するなんて聞いたこともない。

小さく漏れた失望の声は、フィリオスの新たな婚約者の立場を狙っていた令嬢のものか。

「アウレリアは、痛ましい事件で亡くなった。私は、愛しい婚約者を殺した盗賊達を許すつもりはない。彼らを根絶やしにすると――私は、誓う。リリアンと共にアウレリアの遺志を継ぎ、この国のために役立つ人間になる、と」

「――殿下！」

感激した声をあげ、フィリオスの腕にからみついたリリアンは、それに気づいているのだろうか。

「もちろん、婚約者の喪が明けるまで、私は独身でいる。そして、婚約者を悼むだろう――だが、それが明けた時には」

そこで意味ありげに言葉を切り、リリアンを見つめる。リリアンもまた、うっとりとフィリオスを見つめていた。

葬儀の参列者達は、全員ふたりの引き立て役だ。彼らふたりの世界が完全に出来上がっている。

静かに流れている葬送曲でさえも、きっとふたりの耳には未来を祝福しているように響いていただろう。

参列者達も、ふたりの様子に困惑しているようだった。

祝福の声をこの場であげるわけにもいかないし、婚約に反対するのも無理だし。

（……今ね）

いつ姿を見せようかずっと迷っていたが、きっと、今が一番効果的だ。

アウレリアは、静かに扉の内側に滑り込んだ。

身を包むのは、喪服。だが、黒いレースは繊細で、アウレリアの細身の身体をこれ以上なく引き立てている。

金の髪は結い上げ、顔の前に垂らしたベールが表情を隠す。白い百合を手に、意図してわざと足音高く一歩踏み出した。

カツーン、という音が響いた瞬間、まるで計っていたかのように葬送曲も終了を迎えた。

思っていたよりも高く響いたその音に、参列者達の視線がこちらに向けられる。

一歩一歩歩みを進める度に、ヒールの音が聖堂内に響いた。見る者が見れば、喪服に使われているのは最上級の絹、そしてレースであることがわかるはず。

顔を隠す黒いベールも、黒いレースの手袋も、唯一の装身具として細い首に巻かれた黒真珠のネックレスも、入手すら難しい高級品だ。

『どなたかしら？』

『あんな令嬢、この国にいたか？』

黒い喪服とは対照的な白い肌。ベールに隠れた小さな顔。わざと口紅は濃い目に引いてある。

ベールで見えないはずなのに、まっすぐ背筋を伸ばし、前を見据えて歩く姿は、そのベールの陰に美貌が隠れていると見ている者に思わせるのには十分であった。

『……待って』

『もしや、あれは』

ひそひそと囁き合う声。

真っすぐに進んでいったアウレリアに、真正面からフィリオスの視線が突き刺さる。

彼に寄り添うようにして立っているリリアンは、明らかに落ち着きを失っていた。目を見開き、口をわずかに開いたまま、固まってしまっている。

無言のまま、視線が集中しているのはまったく気にしていない様子でアウレリアは進み続ける。

見ている者にとっては、アウレリアが棺のところに至るまでのわずかな時間が、永遠にも感じられたただろう。

「だ、誰よあなた――――！」

「そうだ、娘の葬儀に参列するのはごく限られた身分の」

リリアンが真っ先に尖った声をあげ、父がそれに同調する。

（いえ、父ではないわね）

ベールの下で、アウレリアの唇が緩やかな弧を描いた。それに気づいただけで、かつて父と呼んだ男は、発言を途中でやめてしまう。

「わ、私達は、大切な女性を送っているところなんだ——部外者は、遠慮してくれないか」

アウレリアに目を向けられても、発言を途中でやめなかったフィリオスは、むしろあっぱれなのかもしれない。

だが、アウレリアは彼に見向きもせず、真っすぐに棺に近づいた。美しい仕草で、唇に白百合を押しつける。

それから、その百合を棺に投げ入れた。これで、すべてが終わったと言わんばかりに無造作に。

「……そうですね、私も、お別れをしたいと思ってまいりましたの——今までの私に」

ゆっくりと振り向いたアウレリアは、ゆるゆるとベールを持ち上げる。その仕草に、皆、魅入られたかのように微動だにしなかった。

ベールの下から現れたのは、今日の主役であった。盗賊に襲われ、命を落とし、獣に食われたはずの侯爵令嬢。

白い肌と黒い喪服に赤い紅が映える。

「お久しぶりでございます、殿下。ならびに、デュモン侯爵家の皆様」

腰を折る仕草もまた、この国一の淑女と呼べそうな洗練されたもの。

今日までの間、マナーを復習する時間はたっぷりとあった。何年もの間、王子妃教育を受けてきたのは伊達ではない。

「アウレリア、今まで、どこにいたんだ？」

「あら、それは重要でして？　親切な方が、私を保護してくださっただけ——今日までの間、連絡を差し上げなかったのは、こちらの国に戻ってきたのがつい先ほどだからですわ」

フィリオスの疑問には、なんてことないように返す。

参列者達が、アウレリアの発言にざわついた。デュモン侯爵家は、行方不明になったアウレリアを、全力で探していた。

だが、見つからなかったために、亡き人の魂を天に送ると決めた。今日は、そのための葬儀だったはずだ。

今日の主役が、こんな形で戻ってくるなんて前代未聞だ。

「な、なぜ、今まで戻ってこなかったんだ！」

「とてもひどい事故でした——ええ、とても、ひどい事故。準備が整うまで、戻ってくることができなかったのです」

声をかけてきたデュモン侯爵は気づいているだろうか。

アウレリアが、彼のことを『父』とは呼んでいないことに。

だが、そんなものどうだっていい。

「私の葬儀にご参列くださいました皆様、本日はまことにありがとうございます。ですが、私はこうして生きて戻りました。生きて戻った以上——皆様に、きちんとお返しはさせていただくつもりです」

お返し、の言葉に隠れた真意に気づいた者は何人いるだろう。だが、アウレリアは、彼らがなにを考えていようが、真正面から取り合うつもりはない。

「デュモン侯爵令嬢、よく生きて戻ってくれた」

真っ先に口を開いたのは、家族と呼んだ人でもなく、かつて婚約者と呼んだ人でもなかった。立ち上がり、アウレリアの方に歩いてきたエルドリックは、アウレリアの手を取って、淑女に対する礼を取る。

「あなたが亡くなったなんて、信じられなかった」

朗々と響く彼の声。

「ええ、あなたはご存じでしたものね」

と、唇の動きだけで返すアウレリア。この言葉は、エルドリック以外の人の耳には届かない。

「知らなかったとしても、アウレリアが死んだなんて信じなかったさ」

「あなたは、そうでしょうね。婚約者は、さっさと死んでほしいと思っていたようですけれど」

唇の動きだけで会話するアウレリアの視線と、エルドリックの視線が絡み合う。

少し、ほんの少しだけアウレリアは口角を上げた。ここからアウレリアの復讐が始まるのだ。

そして、ここに最大の共犯者がいる。

「また、王宮でお目にかかれるだろうか」

エルドリックは、声をあげた。

「さて、どうでしょう？　私、フィリオス殿下の婚約者ではなくなったようですし……王宮に上がる機会がありますかどうか」

アウレリアが王宮に出入りできたのは、フィリオスの婚約者だったからこそ。そうでなければ、王宮になんて滅多に行けるものではない。

「そうか。リリアン嬢とフィリオス王子の婚約は、侯爵家にとっては悪くない話だな」

「ええ、ふたりは愛し合っていますもの――以前から」

ぼそりと最後に付け加えて、嫣然《えんぜん》と笑う。

フィリオスとリリアンの仲は、アウレリアが事故に遭う前から噂にはなっていた。

だが、アウレリアがなにも言わなかったから、皆、アウレリアは気づいていないと思っていたのだろう。

（私に教えてくれるほど、親切な方もいなかったし）

余計な火種に首を突っ込みたくないという貴族達の事情もわかるから、彼らを恨みに思うことはない。

くるりと参列者の方に向き直り、満面の笑みを浮かべる。それはもう、最高に美しく見える微笑みを。

「皆様――また、社交の場でお目にかかれるのを楽しみにしておりますわ」

では、ごきげんよう。

そう言い残したアウレリアは、エルドリックが差し出した手に自分の手を重ねた。

なにも言えずに立ち尽くしている婚約者——元婚約者には、それ以上目を向けることはなく。

皆、茫然と聖堂を去るアウレリアとエルドリックを見送るしかなかった。

沈黙だけが、残された人達を包み込んでいる。

＊　＊　＊

屋敷に戻った時は、大騒ぎになった。

「お嬢様、お帰りなさいませ！」

真っ先に飛び出してきたのは、執事である。彼もまた、アウレリアが亡くなったとは信じていなかったようだ。ほっとした顔をしている。

「ええ、ただいま戻りました。私の部屋はどうなっているかしら？」

「……それが」

申し訳なさそうに執事は目を伏せた。

彼の話によれば、アウレリアが『行方不明』となってひと月後には、アウレリアの部屋はリリアンのものになったらしい。

アウレリアの部屋にあったものはほぼすべて、処分されてしまったとか。

宝石はリリアンが自分の宝石箱に入れてしまったようだが、それ以外、アウレリアの持ち物は残っていないとも聞かされた。たしかに、ドレスや小物は侍女達に渡されてしまったらしいというのは、ノクスの調査結果から知っている。

「……そう」

喪が明ける前から、いや、葬儀の前からアウレリアの持ち物を処分してしまうとは思ってもいなかった。

リリアンの移動にひと月かかったのは、リリアンが購入した家具が届くまで少々時間がかかったかららしい。そうでなければ、早々に部屋を移っていただろう。

「どうする？　俺が、この国に持っている屋敷を使うか？」

アウレリアを送ってきたエルドリックが、そんなことを言う。

隣国の王太子とアウレリアが共にいることに、執事も言いたいことはあるのだろうけれど、賢明にも口を開くことはなかった。

「いえ、この屋敷で暮らします——そうでなければ、面白くないですから」

後半は、執事の耳には入らないようエルドリックにだけ聞こえる声の大きさを意識する。

まっすぐ見つめると、エルドリックも見つめ返してくる。

（……この人がいてくれれば私は大丈夫）

エルドリックがいてくれれば、なにも怖がる必要はないのだ。

「宝石は、リリアンが戻ってくる前に取り戻しましょう。私の部屋は、客室を用意してくれるかしら？」

「かしこまりました」

アウレリアの言葉に、執事はすぐに動き始める。

家族が戻ってきたのは、アウレリアの帰宅から数時間が経過したあとのことだった。

その頃には、アウレリアは客室のうち一室を自分の滞在する部屋に定め、リリアンの宝石箱の中から、母の形見と祖父母から贈られた宝石だけ取り戻した。

そして、ノクス商会から真新しいドレスや服飾品を大量に運び込み、侍女達に片づけをお願いしている間に、優雅に家族の居間でひとり、お茶の時間を楽しんでいた。

「ア、アウレリア！　今までどこに行っていたんだ」

侯爵家には未練などまったくないが、侯爵家の菓子職人はいい腕をしている。家を出る時には、ひそかに引き抜こうかと思ってしまうほどだ。

バターの風味がきいたマドレーヌを咀嚼し、呑み込んでからアウレリアは口を開いた。

「心身ともに傷ついたので、傷を癒やしておりました。親切な方が、療養する場所を手配してくださったので」

「お異母姉様！　どうして連絡してくださらなかったの？」

リリアンは、アウレリアがなにを考えて戻ってきたのか、気になっているのだろう。

いや、アウレリアが戻ってきた以上、フィリオスとの婚約がどうなるのかが心配でしかたないのかもしれない。

「だから、言ったでしょう？　療養をしていたの。それに、私が事故に遭ったのは国境で、療養していたのもベリアンド王国側。手紙なんて、そう簡単には書けないわ」

これは嘘である。

やろうと思えば、ベリアンド王国からゼノビア王国に手紙を出すのは可能だ。

実際、エルドリックの屋敷に滞在している間、ノクスとはしばしば手紙のやりとりをしていた。

「な、なんだ、その言い草は！」

侯爵がいらだった声をあげた。

いらだつのも当然だ。たくさんの人が見ている前で、彼のことを無能だと言ったのも同然だ。療養している娘を見つけ出すこともできず、葬儀の場に本人が現れた。娘ひとり見つけられない無能者。

彼の顔は、泥で真っ黒に汚されたわけである。

「……隣国にいましたが、本気で探してくだされればすぐに見つかりましたでしょうに」

保護してくれて、療養の場を提供してくれたのはエルドリック。そして、この国に戻って以降はノクス商会の従業員として、商会の寮で暮らしていた。

途中で探すべき場所が変化しているのは事実だが、アウレリアの馬車が転落した直後、本気で探せば見つけられたはず。

この国に戻ってからは、ミアとして毎日店に立ち、リリアンと顔を合わせたこともあった。気が付かなかったのはリリアンである。

「だ、誰なんだ、それは」

侯爵は、好奇心には勝てなかったらしい。今度は、保護していたのが誰なのかを聞き出そうとし始めた。

アウレリアは、それに構うことなく立ち上がった。

せっかくのおいしいお茶が、目の前にいる人達と一緒では、その価値を損なってしまう。

「全部、私の部屋に運んでくれる？」

側にいた執事に命じる。執事は丁寧に腰を折った。

「待て、アウレリア！」

そう侯爵が叫ぶけれど、アウレリアは聞く耳を持たなかった。

「お構いなく、私は、今まで通りに生活しますから」

聞きたいことはたくさんあるだろうが、なにひとつ教えてはやらない。これから先、アウレリアがどう行動するか、少しは脅えればいいのだ。

「……勝手なことを」

侯爵が、アウレリアの腕を掴む。痛みに顔をしかめそうになったけれど、あえて笑みを作った。

「離してくださいます？　エルドリック殿下が、『侯爵家でなにかあったら連絡するように』と言ってくださいましたの。場合によっては、身を寄せる場所を提供してくださるそうですわ」

笑みを崩さず言えば、パッと手を離された。エルドリックを怒らせるのはまずいと判断したようだ。

まだまだ言いたいことはあるらしいが、侯爵は口を開いたり閉じたりするだけ。言いたいことはあっても、言葉が見つからないらしい。

「お異母姉様、エルドリック殿下とはどういう関係ですの？」

「あら、あなたにそれを言う必要はあって？　殿下は、ただ、存在を消された私を気の毒だと思っただけよ」

冷笑を向けられたリリアンは、唇をかんだ。

本当にアウレリアのことを大切に思っていたならば、行方不明になって三か月で葬儀を執り行うことはない。一年でも、二年でも探し続けるだろう。いつかは、心の整理をつけることになったとしても。

「アウレリア、あなた、自分がなにをしたかわかっているの？」

と、アウレリアに責める目を向けたのは、リリアンの母、現在の侯爵夫人である。

「よくわかっています。私が無事に戻ったことは、すぐに広まるでしょう」

こっそり屋敷に戻ってきたら、監禁されたかもしれない、と言外ににじませる。侯爵夫人もまた、不機嫌な顔になっただけだ。

（思っていたほど、怖くないわ）

どうして、この人達を恐れていたのだろう。

静かに居間を立ち去るアウレリアに、彼らはそれ以上、なにも言えなくなってしまったようだった。

第五章　死に戻り令嬢は暗躍を開始する

屋敷に戻ってから数日、侯爵家は不気味な静けさに包まれていた。

アウレリアの背後にはエルドリックがいる。

侯爵とリリアンが行動を起こさないのは、余計なことをして、彼の機嫌を損ねたくないというのもあるのだろう。

アウレリアに聞きたいことがあっても、問いただせないというあたりだろうか。

侯爵夫人は、こういった謀には関わらない。彼女の頭にあるのは、自分が贅を尽くすことだけだから。

アウレリアは滞在場所と決めた客室に引きこもり、ひとり考えを巡らせていた。客人を滞在させるための部屋であるから、室内の調度品は上質のもの。居心地はいい。

デスクに向かい、紙にペンを走らせる。

（……まずは、伯爵令嬢達からね）

いろいろ考えた結果、リリアン達がアウレリアについて噂していたようにふるまうところから始めようと決めた。彼らに尽くすのは、もうやめる。関わらないのももうやめだ。

積極的にリリアンの友人を奪い、リリアンを茶会から締め出し、惜しむことなく金銭を使って——これは侯爵家の財産を横領するのではなく自分のものを使うが——自分を飾り立ててみようではないか。

今まで口にしていた通りの『悪女』になったアウレリアを見て、彼女達がどう行動するのか見てみたい。

最初に手をつけるのは、「リリアンの友人を奪って、リリアンを孤立させる」ことだ。直接彼らに手は出さない。彼らの周囲から崩していく。

リリアンの友人ということになっているが、クラーラ・ベネディクトの家も、エミリー・ヴォーンの家も、デュモン侯爵家の傘下にある。デュモン侯爵の影響力を恐れて、逆らえない。

侯爵家の娘であるリリアンと縁を持っておくのは悪くはないだろうが、リリアンとの関係はそれだけではないように以前から思えていたのだ。

ノクスに調べてもらったら、予想通り、リリアンはふたりの弱みを握っていた。友情というよりは支配する者とされる者の関係だ。

(さて、どうしようかしらね)

エミリーとクラーラは、リリアンにとってはいいように使える駒でしかなく、アウレリアの復讐の対象者ではない。

アウレリアの悪口を広めるのに一役買っていたのは否定できないが、彼女達の人生そのものまでつぶすつもりはない。リリアンの駒からアウレリアの駒になるのであれば、それでいい。

（クラーラ嬢とエミリー嬢、どちらを先に引き入れようかしら）

どちらから崩していくのが、リリアンにダメージを与えるのに繋がるだろうか。

考えた末、アウレリアが選んだのは、クラーラ・ベネディクト伯爵令嬢であった。

こちらの方が、わかりやすく崩しやすかったというのも理由だ。

ベネディクト伯爵家が、デュモン侯爵家に逆らえなくなった大きな理由は、数年前、ベネディクト伯爵領で発生した農作物の不作が原因だ。

主な特産品である小麦が病気となり、大々的なダメージを受けたのである。その時、デュモン侯爵家が援助と称して大金を貸しつけたのを、アウレリアも認識していた。

だが、リリアンがそれを理由に、クラーラをいいように使っていたとは考えてもいなかった。

（娘同士の関係が、家同士の関係に影響するはずもないでしょうに）

リリアンは、「自分の言うことをきかなければ、ベネディクト家の借金がどうなっても知らない」とクラーラを脅していた。

リリアンに、ベネディクト家をどうにかできるような権限はないのだが、クラーラはそれが理解できなかったようだ。

（家の借金で、そこまでリリアンに踊らされるなんて……）

もちろん、借金をした家の令嬢が、借金を返済する代わりに身分の違う相手に買われるようにして嫁いでいくなんていうのは珍しい話ではない。

だが、それは双方にとって利益がある話の場合。

リリアンとクラーラには当てはまらない。冷静に考えればわかりそうなものなのに、それすら判断できなくなるほど追い込まれていたのかもしれない。

(でも、お金の問題ならばノクスに動いてもらえばすむ話だし)

ベネディクト伯爵家では、近頃今まで隣国でしか栽培されていなかった薬草の栽培に成功しているということも、ノクスからの報告書に合わせて記されている。

まだ、大々的な取引にはいたっていないが、そこにノクス商会を入り込ませれば、金銭問題は解消だ。リリアンとの距離をあけるよう、その上で忠告すればいい。

リリアンへの復讐を終えたら、リリアンの立場は失われるだろうから。

忠告を無視して、リリアンが転落するのに付き合うというのならば、それはそれで構わない。

一度は忠告をしたのだから、自業自得というものだ。

(私も、契約の場には立ち合いたいわね)

ミアとして店に立っている時に、エミリーやクラーラと顔を合わせたこともある。次は違う変装をした方がいいだろう。

立ち会う口実は、ノクスの助手あたりがいいだろうか。

新しい薬草の取引ができるのなら商会にとっても悪くない話だし、きっとノクスも賛成してくれる。

ノクスに手紙を書き、ベネディクト伯爵に伯爵領で栽培に成功した薬草の取引を持ちかけるように依頼する。アウレリアも助手として同行したいということも。

すぐにノクスから返事が来て、そこには「ベネディクト伯爵に連絡する」と書かれていた。あとは、ノクスが準備を整えてくれるのを待つだけである。


立ち上げたばかりの商会を一流になるまであっという間に育て上げたノクスの腕はさすがであった。

数日後には、ベネディクト伯爵の屋敷を訪れる約束を取りつけたのである。

アウレリアは『ミア』としてではなく、助手としての変装をしてノクスに同行することにした。

黒髪の鬘を被り、化粧で顔立ちを派手に見せている。髪はきっちりとまとめて首の後ろでお団子にまとめた。

いつも以上にきつく見えるよう化粧した目元。大きくて色っぽい唇。髪型と化粧を変えるだけで、見え方が大きく変わる。実年齢より五歳は上に見えるだろう。

身に着けたのは、ぴったりと喉まで覆う立ち襟で、飾り気の少ないワンピース。ベストを重ねて、足元はブーツ。店に出ることのない裏方の商会員に好まれる服装である。

「伯爵、面会の許可をいただきありがとうございます」

「いや、ノクス商会がわが領地の作物に興味を持ってくれたようで嬉しいよ」

ベネディクト伯爵は、鷹揚《おうよう》な仕草でノクスとアウレリアを中に招き入れる。

デュモン侯爵令嬢として顔を合わせたこともあったけれど、ベネディクト伯爵もアウレリアの変装には気づかない様子だった。

商会で取り扱う商品の中には、化粧品もあった。自分の顔を使って実験を重ねていたのが、変装の腕を育てることになったのだから、なにが幸いするかわからない。

通されたのは、ベネディクト伯爵が執務室として使っている部屋のようだった。来客対応するためのソファやテーブル等が置かれているが、がらんとした雰囲気である。

おそらく、不作の折りに売れるものは売り払って、損害の補填に当てたのだろう。

「ノクス商会長は、スイラの葉に興味がある、と」

「ええ。栽培に成功したのは、伯爵様の農地だけですよね？」

ふたりとも時間を無駄にしない性質のようだ。

伯爵家の使用人が、飲み物をテーブルに出し、引き下がるのを待てないというかのように早々と商談を始めていた。

ノクスの助手としてノクスの隣にいるアウレリアは、いい方向に向かえばいいと願いながら、ふたりの会話をノートに書き留めている。

「まだ、その話はあまり公にはしていないのだが」

「商人には商人の情報網がございますよ、伯爵様」

伯爵はわずかに口元を引きつらせたが、ノクスはにっこりと微笑む。その横で、アウレリアもにこにことして見せた。

ノクスもまだ三十手前、商人としては若いのだが、今までの実績もあって、ノクスの話を聞かずに追い出す家は少ない。

スイラの栽培に成功したとノクスが気づいたのは、クラーラについて調べていたからだというのは、あえて伯爵には話さない。ノクスが独自に掴んだ情報であるのは間違いないのだから。

「失礼ながら、伯爵家には多額の借金が……」

話ははずみ、いよいよ本格的な契約の話に移ろうかというところでノクスは小さな声で口にした。

伯爵が肩を跳ね上げる。その話を、どこで聞いたのか気になってしかたないのだろう。

「スイラの葉の取引を三年、我が商会に独占させていただけるのであれば、無利子で同額をこちらが融資しましょう。侯爵家にはすぐに返済した方がよろしいかと」

「無利子……三年……？」

こういう時、独占販売の契約を結ぶのは珍しい話ではない。だが、無利子で融資というのは好条件すぎる。

伯爵はノクスの申し出に警戒した様子を見せた。商人の側が貴族を食い物にするのも珍しい話ではないというのを、よくわかっているらしい。なかなかのやり手である。

だが、ノクスが持ち出したのは三年という期間限定。伯爵家にとっては、有利な条件である。

このまま借金を返し続けていても、ベネディクト家がデュモン家に借金を全額返済するのは難しいというのも事実。

なぜ、こんな条件を持ち掛けてきたのか、伯爵は理解できない様子だった。商人が、理由もなく伯爵家に有利な条件を持ち出すはずもないというのもわかっているらしい。

「……お嬢様のためでもあるのですよ、伯爵様」

「娘？」

「ええ……お嬢様、クラーラ様は、リリアン様とたいそう親しくなさっているご様子」

「ああ、そうだな」

リリアンの名に、伯爵はさらに表情を曇らせた。

デュモン家とベネディクト家の関係を考えれば、リリアンとクラーラが特に『親しく』なるのもまた自然な流れ。

リリアンにクラーラがいいように使われているのを気づいていても、リリアンから離れるように言えないのもその証。

ノクスは、声をひそめた。

「このままでは、お嬢様が醜聞に巻き込まれてしまいます。今、あの家はなかなか微妙な立場ですから」

「たしかに、な……」

伯爵とノクスとアウレリア。

三人の前に置かれたカップのお茶は、すでにぬるくなってしまっていた。だが、誰もカップに手を伸ばそうとはしない。

そして、伯爵が考え込んでいるのを見て取ったノクスは、次の一手を押した。

「それに、このお申し出は……もうおひとりの侯爵家のお嬢様からなのですよ」

「なんと！」

思いがけないところで、アウレリアの名が出てきたと伯爵は思っているのだろう。ノクスは、唇の前に人差し指を立てた。

「アウレリア様は、クラーラ様が醜聞に巻き込まれるのを恐れておいでです」

「感謝する。娘には話をしよう、すぐにでも——だが、アウレリア嬢がなぜ、君に頼む……？」

「昔、デュモン侯爵家で働いていたことがあったのです。その時、お嬢様には大変よくしていただきました。こういうことは、私に任せるのがいいと思ってくださったのでしょう」

アウレリアとノクスの関係について知っているのは、ごく限られた人物だけだ。

アウレリアがノクス商会の共同出資者だというのはまだ秘密だし、人に知らせる必要もない。

だから、今のノクスの説明で、伯爵は理解したようだった。

「なるほど……家のためにはならないだろうに」

「あの方も、なかなか難しい立場においでですから」

そっと、ノクスは視線を落とす。意味ありげに、そっと。

デュモン侯爵家において、アウレリアが冷遇されているらしいというのは、知っている人も多い。伯爵も、その言葉だけでいろいろと察したような表情になった。

「感謝する。この礼については、どうすれば？」

「お嬢様のお嫁入りの支度、一式我が商会にお申しつけくださいませ。花嫁衣装から、新居の家具まで」

冗談めかした口調でノクスが言うと、伯爵は愉快そうに笑った。

伯爵令嬢の嫁入り支度ともなれば、それなりに大きな金額が動くことになる。商会としては、願ってもない商機だ。

「それは我が家にとっても助かる――だが、アウレリア嬢にはどう礼をすれば」

「林檎《りんご》のジャムを。お嬢様は、ベネディクト伯爵領で作られている林檎のジャムをお好みでございます」

「では、商会長に届けよう。アウレリア嬢に渡してくれるか？」

「お任せくださいませ」

金銭ではなくジャムを求めたノクスの発言で、アウレリアは目立つ礼を求めていないとベネディクト伯爵は気づいたようだ。侯爵邸ではなく、ノクスに届けるのもその証拠。

ベネディクト領で作られている林檎のジャムが、アウレリアの好物なのは事実だ。分けてもらえるのならば、アウレリアとしてもありがたい。

伯爵は切れ者のようだし、いい取引になりそうだ。

まずはひとり。こうして、リリアンから友人を引き離すことに成功しそうだ。


クラーラの件が片付いたなら、次はエミリーである。

エミリー・ヴォーン。ヴォーン伯爵家の娘で、クラーラ同様リリアンの取り巻きだ。

クラーラは、借金を返すことでリリアンから引き離したが、エミリーには違う手を使わなくてはならない。

(ヴォーン伯爵家では、婿入りしてくれる人材を探しているのよね……)

リリアンは、「お父様の伝手でいい人を紹介してあげる」と言っているらしいけれど、今のところろくな相手とは引き合わせていない。

(……リリアンはなにを考えているのかしら?)

リリアンがエミリーに紹介したのは、女性関係が派手な伯爵家の次男であった。

エミリーは伯爵家の跡取り娘である。

彼女の結婚相手としては、婿入りできる人材が好ましいのだが、女性関係が派手な男性を紹介しようというのはいかがなものか。

今のところ、エミリーとリリアンの紹介した男性の仲は進んでいない。

「ねえ、ノクス。伯爵は、リリアンの紹介した相手は気に入っていないのよね」

「そのように思われます」

「でも、すっぱり切るように言わないのは、デュモン侯爵の機嫌を損ねるのを恐れているのかしら」

「でしょうね。リリアン様の紹介した相手とは、のらりくらりと付き合っているようですが、伯爵独自の伝手でもお相手を探しているようです」

今、エミリーが婚約者候補としている相手は三人いるらしい。

伯爵家独自の伝手で見つけた相手と、リリアンの紹介、先方から申し込みのあった相手の三人だ。

三人とも、両親と一緒のお茶会、手紙のやり取り程度の仲であり、ここから先に話が進むかどうかは、それぞれの相手にかかっている。

「リリアンが男性を紹介した理由、わかる？」

「お相手の方は、リリアン様に夢中のようです。エミリー様とは義務的なお付き合いのようで。自分をあがめてくれる相手をエミリー様に嫁がせ、自分の側に置いておきたいのではないかと」

リリアンは婚約者が決まっておらず、貴族令嬢らしからぬ彼女の言動に惹かれる若い男性が多いのも事実。

そして、件の彼は、リリアンやエミリー以外にもそれなりに親しくしている女性がいるらしい。

「それにしたって、紹介するのであれば、もう少しいい人を選んでもいいでしょうに」

女性関係が華やかなだけならまだしも――と言っていいのかどうかは別として、金銭感覚もだいぶよろしくない。しかも、リリアンに夢中の男性だ。リリアンをちやほやするための要員を、真剣に結婚相手を探している女性に紹介してどうするというのだ。

「ですから、まだ正式な婚約にはいたっていないのでしょう。他のふたりも同じようなものです」

「……なるほど」

エミリーにとって、というよりヴォーン伯爵家にとって、今の婚約者候補達より条件のいい相手を見つけることができれば、エミリーもリリアンから引き離すことができる。

「ノクス、あなた、よさそうな相手を見繕える?」

「そう言われると思っていました」

にっこりとしてノクスが差し出したのは、ヴォーン伯爵家との縁組をするのに適した男性の一覧だ。

身分が上すぎるのも下すぎるのもよろしくない。初婚同士ならば、互いの年齢が釣り合っていることも大切だ。

「上から順に、有力候補者となっております」

「レーヴェ伯爵家の息子はだめよ。彼個人の借金があるもの」

「でしたら、イライア子爵家の御子息」

「……悪くないけど、エミリー嬢との相性はどうかしら」

悪くはないが、エミリーとは気が合わないように思えた。

つうっとリストを指でなぞる。アウレリアの指が、ひとりの名前のところで止まった。

「ドルード子爵家の御子息、ダーク様はどうかしら」

「しかし、あの家は金銭面で少々不安です。ヴォーン伯爵もそこを気になさるのでは？」

アウレリアが選んだのは、リストのかなり下の方にある名前だ。

ノクスとしては、有力候補として上げたくなかったのだろう。だが、ノクスの知りえない情報をアウレリアは持っている。

アウレリアが、同年代の貴族だからこそ掴めた情報だ。

「でも、ダーク様、穏やかでいい方よ？　騎士団に所属していて、真面目だし……惜しいのは、騎士としての才能にはやや乏しいところかしら」

ドルード子爵家のダークは、王家を守る騎士団に所属している。

子爵家の三男であり、次期子爵である長男のところにはもう跡取りが生まれているので、彼がドルード子爵家を継ぐ可能性は低い。

「どちらかと言えば、文官向きの資質をお持ちの方よ。たしか、騎士団でも事務仕事は非常に優れた才能を発揮しているとか。伯爵家の領地運営に大きな力を発揮するのではないかしら」

「ダーク様だけでしたら、たしかに、エミリー様には合っている相手かもしれませんが……」

ノクスの言葉を聞きながら、とんとん、と指先でリストを叩く。

ダークだけならばともかく、子爵家との縁を繋ぐのに不安があるということだろう。

「エミリー嬢へのお土産が必要ね」

「お土産、ですか？」

「ええ。そうね……ドルード子爵領になにか特産品を作れないかしら？　ヴォーン伯爵家との繋がりが必要なものだともっといいわね」

ノクス商会は、近頃国外にも手を広げている。なにか、いい情報を入手していないだろうか。

「まったくかないませんね。近頃、美しい模様を折り込むティール織という方式が確立したのはご存じですか？」

「ええ。光に浮かび上がる模様が美しいわよね。とても貴重な品でしょう？　ノクス商会でも、入手はできていなかったわよね」

「その工房をドルード子爵領に作るというのはいかがですか？」

「工房？」

アウレリアの言葉に、ノクスはにんまりと笑った。アウレリアが、彼が工房を作ると言った意味を理解していないのを面白がっている。

「ティール織の生産地で、ティール織の技法を学んだ職人の引き抜きに成功しました。独立を希望していて、こちらが工房を用意するのならば、ゼノビア王国に移住してくれるそうです」

「なんですって？」

ティール織の技法を学んだ職人の数は少ない。その職人を引き抜く計画があるとは、ノクスから聞かされていなかった。そのあたりは任せているので、事後報告でも構わないのだが。

「子爵家に、その職人の後ろ盾になってもらいましょう。それなら、子爵家の金銭的な不安も解消できると思います。仮の工房ならばすぐにでも用意できます」

有力な商会が領地に出店すれば、その領地は潤うことになる。

ヴォーン伯爵領でも、ドレス生地用の絹を作ってはいるが、近頃は輸入品に食われてしまっていて、苦しい状況が続いている。

ドルード子爵領にティール織の工房を作れば、ヴォーン伯爵領の絹をドルード子爵領で加工することになる。そうすれば、ヴォーン伯爵領にも利がある。

「それなら、ヴォーン伯爵家も嫌とは言わないわね」

伯爵領の絹の他にもう一点、別の角度からも押してやった方がいいかもしれないが、とりあえず、これでエミリーの方もなんとかなりそうだ。

屋敷に戻って二週間後。

屋敷にいるアウレリアのところに、王宮から手紙が届けられた。差出人を見てみれば、王族ではなく、エルドリックの名が記されている。

（まだ、お帰りになっていなかったのかしら……？）

エルドリックは帰国したと思っていたが、戻らずにまだ王宮に滞在しているようだ。

王家としても、エルドリックの滞在したいという願いを無碍にすることもできなかったのだろう。

敵対している国ならばともかく、隣国とは友好的な関係を築いている。エルドリックの滞在を断る理由はないのだ。

（……ここを訪問したいって、本気？）

エルドリックが、侯爵邸を訪れるなんて、理由がわからない。

だが、礼儀正しく訪問の約束を取りつけようとしているのだから、アウレリアの方も丁寧に返すべきだ。

（もしかしたら、侯爵はなにか言ってくるかもしれないけれど、放っておけばいいわよね）

隣国の王太子がこの屋敷を訪問するなんて、普通なら大変名誉なこと。

アウレリアだけではなく、一家総出で出迎え、もてなすのが通例だ。

けれど、エルドリックはそこまでは求めていないだろう。アウレリアとしても、隣国の王太子をお招きする栄誉をこの屋敷の住民と分け合いたいとは思わない。

（ノクスにお菓子を届けてもらって、お茶の支度をすればいいわね）

屋敷の菓子職人も腕はいいが、ノクス商会で売っている菓子の方がエルドリックの好みであるというのもその理由だ。エルドリックも、どうせ食べるのなら好みに合う菓子がいいに決まっている。

急なことではあるが、大人数を招くのではないし、問題ない。

（一応、応接間を使いたいという話だけはしておかないとね）

男性をアウレリアが滞在する客室に招き入れるのは、大いに問題となる。侯爵家に間借りしているわけだし、応接間を借りるにあたって来客が重ならないよう、一応話はしておかなければ。

鏡で自分の身なりにおかしいところがないのを確認し、侯爵のいる書斎へと向かう。

事前に約束は取りつけていないが、一言言うだけだ。断られるようなら、あとで執事にメモを届けさせよう。

ノックをし、入室の許可を得てから入る。

「侯爵様、少しお時間をいただけます？」

侯爵家の書斎は、大貴族の持ち物らしく上質の家具でしつらえられていた。

仕事はきちんと行っているため、壁に作りつけられている書棚は、領地に関する資料で埋まっている。

「……なんだ？　父と呼べばいいだろうに」

アウレリアの口元を皮肉めいた笑みが横切った。

あの葬儀での復活劇は、思っていた以上にインパクトが大きかったらしい。

アウレリアに対する悪評はともかくとして、『戻ってきた娘』に『侯爵様』と呼ばれるのは外聞が悪いと判断したようだ。アウレリアは、彼にはかまわず口を開いた。

「ベリアンド王国のエルドリック王太子殿下が、明後日この屋敷を訪問なさいます」

「な、なんだと？」

侯爵は、音を立てて立ち上がった。デスクに勢いよく両手をつき、こちらに身を乗り出している。

「殿下は、なぜ、我が家に……？」

「お気遣いなく。侯爵様に用があっていらっしゃるのではなく、私に用があっていらっしゃるようですので。ただ、その日は応接間を使いますから、一応そのご報告を、と」

大きなデスクを挟み、侯爵とアウレリアの視線が真正面から絡み合った。

（……この人が、私のことを見たのはいつぶりかしら？）

この屋敷の中心は、いつだってリリアンだった。

アウレリアは、リリアンのおまけですらなく、侯爵の視界に入ったとしても、まったく興味を持たれないままだった。今になって興味を向けられても今さらだ。

「……ご挨拶はせねば」

「殿下は、それをご希望ではありませんよ？　殿下のご機嫌を損ねたくないのであれば、当日は私達をそっとしておいてください。あと、給仕に侍女を二名お借りします」

「だが」

エルドリックがこの屋敷を訪れるのに、侯爵としては挨拶すらしないわけにはいかないのだろう。エルドリックとの繋がりを持つのは、侯爵家としてもありがたい。

だが、アウレリアは侯爵の言葉をぴしゃりと跳ねのけた。

「侯爵様、殿下のご希望です。殿下は、デュモン侯爵家とは、縁を繋ぐおつもりはありません」

エルドリックの機嫌を損ねれば、どんな報復があるかわからないと声音ににじませてみる。

そして、侯爵はそれに気づいたようだった。

「……わかった」

「当日、リリアンは外出させてください。エルドリック殿下は、リリアンには会いたくないと仰せです」

当日、リリアンが屋敷にいれば面倒なことになる。

「なんだと？　リリアンが殿下の目にとまれば――」

アウレリアとフィリオスの婚約は、アウレリアが死亡したとされた時に解消になっている。

その後、フィリオスとリリアンが婚約するという話にはなったが、あの復活劇の騒ぎで正式な書類は交わされていない。つまり、リリアンは、公式には婚約者がいない状態なのだ。

「リリアンは、フィリオス殿下の婚約者になるのでしょう？」

フィリオスとリリアンの婚約はもう周知の事実。それを思い出させてやれば、はっとしたように目を見開く。

どうやら、ベリアンド王太子という地位は、その事実もかすませるほどのものだったようだ。

「いや、フィリオス殿下の婚約者はアウレリア、お前――」

「私が死亡したと思われていた間に、私と殿下の婚約は解消されたのではなかったのですか？あの場で、リリアンと結婚すると聞きましたが。皆さん、そのおつもりでしょう」

アウレリアの中では、とっくに元婚約者だ。

そして、あの場で大々的に告げてしまった以上、周囲も破談になったと思っているはず。

「よろしくお願いしますね？　リリアンは、私の言うことは聞きませんから。エルドリック殿下が我が家に好印象を持つか否か、侯爵様の行動にかかっているのです」

アウレリアの言葉に、侯爵は目を見張る。そして、ゆっくりと息をついた。

「私が殿下をお出迎えしなくて、本当に構わないのか」

「お忍びでこちらにいらっしゃいます。侯爵様は、いつも通りの生活を」

エルドリックと親交を結ぶのを、どうしても諦めきれないらしい。

まだぐずぐずと言っているので、アウレリアはとどめを刺すことにした。

「当日、私以外の者と顔を合わせたら、殿下の覚えは相当悪くなると思いますよ。ここを見てください」

侯爵の前に、エルドリックから届けられた手紙を突き出す。そして、指で一点を示してやった。

「アウレリア・デュモン以外の者と顔を合わせるつもりはない」という意味合いのことが書かれている。それでようやく侯爵は口を閉じる気になったようだ。

ここまでしても、エルドリックと侯爵を引き合わせるようにアウレリアが動くと侯爵は期待しているようだ。

訪問を認めてしまえば、あとはどうにでもなると思っているのだろう。思うのは自由だが、アウレリアがそれに応えてやらねばならないいわれはない。

約束の日、ノクスはみずから茶菓子を屋敷に配達に来た。受け取った菓子のうち、一箱は、リリアン用に回す。

「こちらの箱は、リリアンに。あとでうるさく言われるよりは、甘いものを渡して口を塞いだ方がいいわ」

「かしこまりました」

ノクス商会の経営する店舗の菓子は、お金さえ出せば買えるわけではない。ごく少数の貴族を取引相手とし、注文があれば屋敷に配達するのが基本だ。

それ以外の者は、店の開店前から何時間も並んで待って買わねばならない。

アウレリアは商会の主なので、並ばなくても頼んだ数はすぐに用意してもらえる。わざわざ商会主が届けに来たことで、屋敷の使用人達はアウレリアが商会の上得意客だと判断したようだ。誤解だが、それでいい。

箱をアウレリアに渡したノクスは、小さく息を吐いた。

「エルドリック殿下は、恐ろしい人ですね」

「恐ろしい？」

エルドリックを恐れたことはないので、ノクスの言葉に首を傾げてしまった。どこが怖いというのだろう。

「怖いですよ――でもまあ、そのあたりはのちほど殿下とお話をすればわかると思いますよ。あ、エミリー・ヴォーン伯爵令嬢の結婚ですが、うまく決まりそうです」

「そう。よかった――では、次の計画に移れるわね」

まずは、取り巻きふたりとリリアンを引き離す。

それだけで、社交界におけるリリアンの立場を弱められる。クラーラとエミリーが他の女性の悪口をばらまくことで、リリアンの立場を強化していた面もあるのだ。

ノクスが部屋を出てから、改めて室内の様子を確認する。白いレースのテーブルクロスのかけられたテーブルには、銀のティーセットが並んでいる。

ノクスの配達してくれた菓子も、銀の皿に載せた。

給仕のために侯爵から借りた侍女はいつでも動けるように室内に控えているし、飾られている花は茶の香りを邪魔しないよう、香りの少ない種類のものを選んである。

エルドリックの好む菓子については、彼のもとで療養している間にきちんと把握している。甘いものは好きだが、ほどよい甘さのものを好む。甘すぎるものは苦手。

ノクスもエルドリックの好みは把握しているから、ぴったりと合った菓子をちゃんと用意できた。

（……リリアンも、今日は朝から出かけているようだし）

侯爵が、リリアンにうまいこと言ってくれたようだ。少し前に、侯爵夫人と一緒に、馬車に乗って出かけていくのを確認した。

（……大丈夫よね）

エルドリックが、堂々と会いに来るのは初めてだ。

約束の時間になると、そわそわとしてしまう。この国に戻ってから、エルドリックと顔を合わせるのは久しぶりだ。あの葬儀が最後だった。

今日選んだのは、緑の地に黄色の小花模様を散らした茶会用のドレス。レースも黄色に染められていて愛らしい。

「いらっしゃいませ、エルドリック様。お待ちしていました」

「世話になるな。元気そうだ」

「おかげさまで」

にやりとかわすのは、共犯者の笑み。報復を終えてからでないと、エルドリックのところには行けないとふたりとも理解している。

「お好みに合えばいいのですが」

「好みに合ったものを用意してくれたんだろう？」

侍女達の目もあるので、必要以上に親しくは見せないよう、適度な距離を空けて用意しておいた客間へと向かう。

今のところエルドリックと正式に婚約しているわけではない。あくまでも知人の男性をもてなすための距離だ。

侍女達に合図をし、壁際に引き下がってもらう。これで、エルドリックとアウレリアの会話は彼女達の耳には届かない。

「そう言えば、新しい絹織物の工房を作る計画があるそうだな」

「どこでそれを」

まだ、計画は動き始めたばかり。いつどこでそれを耳にしたというのだろう。少なくとも、アウレリアもノクスも、他の人に計画について語ってはいない。

「俺の耳は、とてもいいんだ」

エルドリックは自信に満ちた表情でにやりとする。

なんとなく負けたような気がして面白くはなかったけれど、アウレリアはおとなしく口を閉じた。

「俺も、今後、ドレス用の布が必要になるだろうからな。予約を入れさせてもらった」

「気が早すぎですよ、殿下」

「妃のためには、ドレスを何着用意してもいいだろう？　それに、ドルード子爵家は、子息の結婚相手を探しているようだったからな。こちらが仕事を持ちかけることで、相手を見つけやすくなればいいと思ったんだ」

ソファの背もたれに背中を預けたエルドリックは、得意満面といった様子だった。

（なるほど、ノクスが怖がるわけだわ……！）

アウレリアがなにをするつもりなのか、エルドリックに詳細は語っていない。

今は、アウレリアのことをあしざまに言っていた人達の思っているアウレリアになろうとしているだけ。

だが、エルドリックはアウレリアやノクスの動きから、エミリー・ヴォーンとダーク・ドルードの縁組をしようとしていると導き出した。

（尻尾を掴まれるような真似はしていないはずなのに……！）

エルドリックが気づいたというのであれば、他にも気づいている人はいるのではないだろうか。命に関わるようなことではないけれど、気づかれているなら動きにくくなる。

「安心しろ、気づいているのは俺ぐらいだと思うぞ。当事者達だって、気づいてはいない」

当事者達、というのはフィリオスと侯爵家の人間。ならば、それでもいいかと、アウレリアも息をつく。

「殿下にはかないませんね。常に私の何歩も先を行っている気がします」

「先に行かねばならない、と思ったんだ」

絡み合うエルドリックの視線とアウレリアの視線。とたん、胸がドキリと跳ね上がる。

侍女達が部屋の隅に控えているのもちゃんと認識しているのに、この場では口にしてはならない言葉が零れそうになる。

エルドリックの目に浮かんでいるのは、アウレリアに対する紛れもない好意。かつての婚約者からは、一度も与えてはもらえなかったもの。

「それより、殿下。お菓子はいかがですか？」

「甘すぎなくていい。こちらの国の菓子は、くどい甘さのものが多いからな」

「わが国で栽培されている茶には、くっきりした甘さのものが合いますから。今日は、茶葉も甘さ控えめの菓子に合うものを用意させていただきました」

エルドリックの形のいい指がクッキーを摘まんで口に運ぶ。わずかに口角が緩むのをアウレリアは見逃さなかった。

一番危険な話を終えてからは、あとは世間話とその延長のような会話が繰り広げられた。侍女達に聞かれても構わないものだ。

「ところで、近いうちに夜会が王宮で開かれるそうだ」

「そうなのですか？」

アウレリアは目を瞬かせてみせる。フィリオスとリリアンの婚約を祝うためのものなのか、それとも他に目的があるのか。

なんて考えていたら、エルドリックはとんでもない球を投げてきた。

「俺の相手役として、一緒に出ないか。今日はこれをたずねに来た」

まあ、と壁際にいる侍女の口から漏れるのを、アウレリアは聞き逃さなかった。今、エルドリックはわざと声高に話をした。侍女に聞かせようと思ってやったらしい。

「……ですが」

「いいだろう？　この国に、一緒に夜会に出たいと思うほど親しい女性もいないし」

「それはそう、かもしれませんが」

嫌な記憶がよみがえる。

アウレリアにとって、夜会というのは自分がみじめな立場にあると突きつけられるための場でしかなかった。

アウレリアのエスコートを放棄し、リリアンを筆頭に、他の女性達の間をひらひらと飛び回る婚約者。

お義理のダンスさえも、近頃は踊ってくれなくなっていた。

アウレリアが見ていても構わないと言わんばかりに、リリアンと組んでダンスフロアをくるくると回るフィリオスを何度見たことだろう。

愛されていないのだと、ひそひそと囁き合う貴族達の真ん中で、アウレリアにできるのは表情を変えずにいることだけだった。

「今は、婚約者もいないんだろう？」

「そうですね。そう言っても、問題はないのですが……」

フィリオスとアウレリアの婚約は解消になっている。そして、アウレリアにはまだ決まった相手はいない。

「俺は、あなたが一緒に出席してくれたら助かる」

たぶん、とアウレリアは考えた。

エルドリックのパートナーが見つからない場合、王妃が相手役を手配するだろう。

となると、相手役に選ばれるのは、行儀見習いとして王妃の側に上がっている侍女達の中から選ぶことになるか。

結婚相手が決まっている者ならともかく、そうではない者は、エルドリックの心を射止めようと行動するはず。

（……面白くないわ）

たとえ、形式上のことであろうと、エルドリックの側に他の女性がいるのを想像したら、面白くないと思ってしまった。

「私で、よろしければ」

答えは、最初から決まっていた。アウレリアの言葉に、エルドリックの顔にほっとしたような表情が生まれた。

「身に着けるものは、こちらで手配する。当日は迎えの者をよこすから」

エルドリックの見立ててくれるドレスが楽しみだ、なんて言ったら笑われてしまうだろうか。

「ありがとうございます、殿下」

エルドリックの側にいると、とても楽に呼吸できることに気づいてしまった。

まだ、気持ちは口にしない。復讐が終わってない今は、まだ、口にできない。

――でも。

目と目が合うだけでわかってしまう。伝わってしまう。

エルドリックが、アウレリアを大切に思ってくれているのが。耳がジンと熱くなって、鼓動が速くなる。

「……お客様がいらしているの？」

「嘘！」

廊下の向こう側から、出かけたはずのリリアンの声が聞こえてくる。アウレリアは立ち上がり、忙しく視線を走らせた。

この分では、リリアンはこのままここに駆け込んでくるだろう。エルドリックとリリアンを会わせたくない、と瞬時に思う。

（嫌だわ、私、こんなに嫉妬深かったかしら）

エルドリックの目に、リリアンが入るのさえ嫌だ。自分が狭量なことに驚く。

そんなことを考えていたからだろうか。アウレリアの行動が遅れたのは。

「お異母姉様、お客様がいらっしゃるのなら教えてくださらないと——まあ！」

扉を開いた勢いのまま室内に入ってきたリリアンは、目を丸くするのと同時に驚きの声をあげた。

侯爵に、リリアンを応接間に近寄らせないようにさせてくれと事前に話を通しておいたのに、まったく聞いていなかったのだろうか。

「……エルドリック殿下！　ご挨拶を——」

「おい」

リリアンの挨拶を途中で遮ったエルドリックは、不機嫌な様子を隠そうともしなかった。

たいていの異性はリリアンにはいい顔をするものだから、そんな対応をされるのは珍しいのだろう。リリアンは、きょとんとした顔になる。

「誰が、この部屋に入っていいと言った？」

「……その」

脅すような声音で言われ、リリアンは急におどおどとし始めた。目の前にアウレリアがいるのも気づいていないようだ。

（本当に、エルドリック様しか目に入っていないのね……）

この家で、アウレリアがいないものとして扱われるのは珍しいことではなかったけれど、まさか今ここでそれを発揮されるとは想像もしていなかった。

「私、殿下にご挨拶をしたかっただけで」

「挨拶は不要だと、事前に侯爵に話を通しておいたはずだが？」

エルドリックは、いらだっているのを隠そうともしない。おどおどとしつつもその彼の前に立っているのだから、リリアンの図太さに感心すればいいのやら、呆れればいいのやら。

「リリアン。殿下は、私とお話をするためにいらしているの。事前に侯爵様にも、挨拶は不要とお話をさせていただいたのだけれど……あなたの耳には届いていなかったのかしら？」

「き、聞いているわ、もちろん！」

侯爵は大切な話はリリアンにはしないのだろうと声音ににじませてやれば、リリアンはあっさりと乗ってきた。

以前、どうしてリリアンのいいようにされていたのか、今となってはわからない。この屋敷で暮らしている人達に愛されたいという想いが、あまりにも大きかったのだろうか。

「でも、ご挨拶は……ご挨拶ぐらい、は」

「黙ってくれないか。リリアン嬢だったか？　まだここに居座るのであれば俺はデュモン侯爵家への苦情を王家に申し立てねばならないな」

そこまで口にされて、ようやくリリアンはおとなしくなった。「謝罪を」というアウレリアの言葉は耳に入っていなかったようにくるりと身を翻《ひるがえ》し、応接間を飛び出していく。

「……あれがいつもか」

「ええ、私の言うことはまったく聞いてくれなくて」

お互い、顔を見合わせる。少しばかり疲れてしまっても、この場合はしかたないだろう、きっと。

＊　＊　＊

（面白くない！）

部屋に戻ったリリアンは、ソファに置かれていたクッションを壁に投げつけた。

リリアンの非力な力では、壁に当たったクッションも、ポスンという間の抜けた音を立てるだけで、そのまま床に落ちる。拾い上げる気にもなれず、ソファに身を投げ出した。

（面白くないわ！　最近、思ったようにいかないことが増えた気がするし）

この家に来てから、なんでもリリアンの思い通りになった。

初めてこの屋敷に来た幼い少女だった頃、屋敷があまりにも大きく美しいことに驚いた。母が、侯爵夫人になったのにも驚いた。

そして、目の前にいる『異母姉』を見た瞬間、勝利を確信したのは、幼い日のリリアンであった。

姿勢はよく、金色の髪は見事なものだが、はっきり言って長所はそれだけ。自分より不細工だ、とその時のリリアンは思ったのだ。

こちらを見る目に、恐れるような色が交ざっていたのも、当時のリリアンをいい気にさせた。

（そうよ、この屋敷で一番大切にされるべきなのは私だもの）

屋敷に来てからは、なんだってリリアンのものになった。

広い部屋、素敵な家具、美しいドレスに、宝石類。甘い菓子、美味しいお茶、母とふたりで暮らしていた頃は想像もしたことがなかったようなご馳走。

出入りの仕立屋に何着もドレスを注文し、流行の最先端の装いで街に出る。

昔から愛らしいと言われてきたけれど、品質のいい品々を身に着けるようになれば、リリアンの美貌はあっという間に磨かれた。

社交の場で出会う男性達はリリアンに夢中になったけれど、リリアンは誰とも深入りしないように注意してきた。

（お母様が言ってたわ。自分を安売りするんじゃありませんって）

庶民の間で暮らしていたリリアンは、噂話を耳にする機会も多かった。

異性と必要以上に親しく関われば、悪口を言われるものなのだ。

きっとそれは、貴族も庶民も変わらないだろう――だから。

自分の側に置く令嬢は、侯爵家の影響力をきちんと把握し、その影響力に逆らえない相手を選ぶ。

そう言った意味でもまた、リリアンは巧みだった。

親に逆らえないクラーラとエミリーのふたり。

リリアンの足を引っ張る令嬢を陥れる噂をばらまくのに、彼女達に協力させたけれど、リリアンは表に出ない。

リリアン本人はあくまでも可憐な貴族令嬢でなければならないのだ。一番いい男性をリリアンのものにするために。

そして、リリアンが目をつけたのは、第二王子のフィリオスだった。

（王太子殿下は無理だけれど……第二王子なら）

庶民として育ってきたリリアンは、ちゃんと自分の分はわきまえているのだ。王太子妃の地位は、リリアンには荷が重すぎる。

それに、王家の人達も、リリアンを王太子妃にするのは反対だろう。貴族達も。

――なにより。

王太子は、まったくリリアンに興味を持っていない。そこに割って入れると思うのは、愚か者だけだ。

フィリオスが相手だったとしても、リリアンを王家に入れたくないという声は大きいだろう。

けれど、フィリオス本人がリリアンに興味を持ったなら？

フィリオスが、リリアンでなければ嫌だと言えば、なんとかなるかもしれない。

そのためには、フィリオスがリリアンに夢中にならねばだけど。

そんな目論見も、うまくいっていたのだ――最初のうちは。

（フィリオス様だって、あっさり、お異母姉様を捨てたのに）

ソファにだらしなく身を投げ出したまま、考える。

だって、フィリオスを落とすのは簡単だった。

目を潤ませ、ただ、見つめる。

リリアンがしたのは、それだけだった。

フィリオスには婚約者のアウレリアがいる。だから、これ以上近づいてはいけないと、自分の気持ちをとどめる努力をしているふりもした。

フィリオスもすっかりそれに騙されてくれたし、リリアンもフィリオスを愛している。彼と結婚したら得られる王子妃という身分はとても魅力的だ。

それに、フィリオスのお気に入りという立場についたリリアンの言うことを、皆、聞いてくれる。リリアンを中心とした派閥を作ることさえできた。

なのに、このところ、フィリオスやリリアンに対する周囲の目が厳しくなってきた。

きっと、裏で異母姉がなにかやったに決まっている。だって、異母姉はリリアンを虐める悪女なのだから。

(それに、エルドリック様まで……！)

名を呼ぶ許可など与えられていないのに、勝手にエルドリックの名を呼ぶ。

リリアンが挨拶に行ったのに、無視をするなんておかしいではないか。きっと、あの異母姉がエルドリックにあることないこと吹き込んでいるに違いない。

もちろん、大切なのはフィリオスだ。エルドリックの妃になれるとは思わない。だが、挨拶を無視するなんて酷い。

アウレリアが余計なことを言わなければ、楽しく会話するぐらいはできただろうに。

自分がアウレリアに対してとった方法を、そのまま返されているのだと思い込む。

(――なんとかしなくちゃ)

あの邪魔な女をどうにかしなくては。

ソファに残されていたクッションを引き寄せ、抱え込む。その中に顔を埋めながら、リリアンは自分のとるべき行動を考え始めた。

第六章　破滅は気づかれぬように忍び寄る

ミアとしての変装は、アウレリアにとっては非常に便利なものだ。

貴族の女性は、平民の女性を同じ人と思わないところがある。店員の前でどんな噂話をしたとしても、気にする必要はないということなのだろう。

おかげで、貴族令嬢達の間で囁かれる噂話は、どんどんアウレリアのところにやってくる。

今日も店の店員として働き、ミアとしての笑みを崩さずに、令嬢達の接客をしているところだ。

「そう言えば、最近リリアン様をお見かけしないわね」

「いろいろあるのではないの？　ほら、お異母姉様の件もあるし……」

「あれ、どういう事情なのかしらね。私は直接の面識はないから、葬儀には参列していなかったのだけど……」

「私もよ、あ、その珊瑚の耳飾り素敵ね。他に珊瑚を使った品はあるかしら？」

「すぐにお持ちいたします」

ノクス商会の経営する『リアーネ』、貴族用の個室は今日もにぎやかだ。

リリアンは、近頃社交界から離れている。大切な客人であるエルドリックの不興を買ったとして、しばらく社交の場には行かないよう父から言われているのだ。

他の店員に依頼し、珊瑚の耳飾りをいくつか持ってきてもらう。

珊瑚は流行り始めたところ。まだ、珊瑚を身に着けている女性は少ないから、きっと美しい色は人の目を集めるだろう。

「アウレリア様の件もそうだけれど、エミリー嬢とクラーラ嬢と一緒にいない方が気になるわ」

「ああ、それは……」

「耳飾りが届きました。ヴォーン伯爵令嬢は、ご結婚が決まったそうですね」

うっかり口を滑らせたふりをして、ポン、と火種を追加してやる。

本来、店員が口を挟むのはありえないのだが、噂話に夢中のふたりはそんなことは気づいていないようだった。

「ああ、そうそう。エミリー嬢は婚約したのよね。とても仲がいいって」

「そうなの？　それでは女性の友人を優先するわけにはいかないかもしれないわね」

なんて考えている間に、話題は次のものに移っていた。

「そうそう、エミリー嬢で思い出したのだけど、ティール織よ！　ティール織！」

「エミリー嬢と結婚が決まったダーク様の領地で作っているのよね」

「素敵よねぇ。夜会で映えるわよ。販売は、ノクス商会が関わっているのでしょう？　いつ入荷するの？」

ノクス商会が、ティール織の工房をドルード子爵領に作ったというのは、今や公然の秘密である。ノクスが積極的に噂をばらまいているので、秘密と言いつつ、貴族令嬢達の間にしっかり広まっているのだ。

「今、全力で織っているところだそうですよ」

アウレリアに話が振られたので、にっこりとして返す。ティール織が入手できるのなら、彼女達はまた店に来てくれるだろう。新たな噂話を持って。

「クラーラ嬢も、最近リリアン様とは距離を置いているわよね？」

「そうね……なにがあったのかしら」

「クラーラ嬢の家は、デュモン侯爵家の派閥なのに……」

噂話をしている貴族令嬢達の声音に、少しばかり意地悪な色が交ざったのをアウレリアは聞き逃さなかった。

人の不幸は蜜の味、というのは実にうまい言葉だ。

リリアンが、ひとりになったのを、今目の前にいる令嬢達は面白がっている。自分の身にはまったく関わってこないのをいいことに。

エミリーとクラーラを、リリアンから引きはがすのに成功した。だが、今のところ、それだけだ。次は、フィリオスの方からつついてみようか。

「そうそう、リリアン様と言えばフィリオス殿下よね。婚約の話はどうなったのかしら」

「リリアン様は、フィリオス殿下とご婚約したのではなかったの？」

「まだ、正式なものにはなっていないみたい」

また、令嬢達の話題が飛ぶ。令嬢達の話題は、コロコロ変わるものだが、それにしてもよくもここまで次から次へと話題が出るものだ。

「アウレリア様の件があるでしょう……？　亡くなったと思われて、フィリオス殿下はリリアン様と婚約したのに、生きて戻ってらしたから……」

アウレリアと婚約していた頃から、フィリオスがリリアンと密会していたのは彼女達も知っているらしい。声音にいろいろと滲んでいる。

「アウレリア様が、殿下の婚約者に戻りたがっているのかしら？」

そんなことはない、と口を挟みかけるが、唇を懸命に引き結ぶ。ミアがアウレリアの本心を知るはずもないのだから。

「そういえば、あの方々の婚約は、今どうなっているのかしら」

「アウレリア様が行方不明になった時に、アウレリア様とフィリオス殿下の婚約は解消されたはずだけれど……」

「その後、殿下とリリアン様の婚約が正式に決まったという発表はないわね」

あの葬儀の場での発表は、正式発表ではない。フィリオスとリリアンが早まっただけだ。

「それなら、まだ決まっていないのかしら？　リリアン様は、エルドリック殿下に乗り換えようとしているのではないかという噂もあるわよね」

「エルドリック殿下は、まだ婚約者が決まっていないものね。それなら私達にだってチャンスはあるかしら」

「あなたは伯爵家でしょう？　無理に決まっているじゃない」

聞いているこちらは面白くないが、彼女達の話しぶりからすると、エルドリックに近づこうとしている令嬢は多いらしい。

（……ずいぶん、華やかなのね。エルドリック様の周囲は）

アウレリアの耳に入ってくるだけでも、エルドリックの興味を引こうとしている女性の噂話はいくつもある。その筆頭はリリアンらしい。

ようやく令嬢達は買い物を終え、テーブルに置かれた茶や茶菓子を堪能してから立ち上がった。

アウレリアが積極的に燃料を投下したからか、彼女達の財布の紐はだいぶ緩んでいた。おかげで、今日の売り上げは上々である。

リリアンはしばらく放置するとして、次に手をつけるとしたらフィリオスだろう。

（あの方、叩けば、いくらでもほこりが出てくるでしょうしね……）

フィリオスの領地に人をやり、彼の経済状況については今確認しているところだ。きっと、そちらでもなにかしらやらかしているだろう。

「いらっしゃいま――あ」

途中で言葉が切れてしまう。入ってきたのは、エルドリックだった。

もちろん、平民が多く来る店に来るのだから、最低限の変装はしている。だが、そんなことでは彼の持つ独特の魅力は隠しきれない。

実際、今だって店にいる女性客の視線は皆、エルドリックに釘づけだ。

「いらっしゃいませ」

気を取り直して、接客向けの笑みを作る。エルドリックは、迷うことなくアウレリアに近づいてきた。

「元気か？」

「はい、元気です」

エルドリックの噂を耳にして面白くなかったのは事実だけれど、それをここで認めてしまうのは、負けた気がする。

だが、接客用の笑みを作って返したのに、エルドリックには不機嫌なのをしっかり気づかれてしまったようだった。

会議の時に使う部屋にエルドリックを通し、接客しているかのように見せかけながらひそひそと囁き合う。

「なにを怒ってるんだ？　近いうちに、王妃から連絡が来るぞ」

「王妃陛下から？」

「フィリオスとあなたの再婚約に、本腰を入れねばならぬと決めたらしい」

「今さらですわね。婚約していた間だって、ろくに顔を合わせていなかったのに」

アウレリアが華麗な復活劇を遂げてから、王宮に呼ばれても、理由をつけて参内しないようにしてきた。

王宮で開かれる茶会の招待も受けたが、「体調がまだ完全ではない」という理由でお断りしている。

「なんて顔をしているんだ」

「――待ってください！」

遠慮なく手を伸ばして頬に触れようとするから、慌ててのけぞってかわす。この店では、そういう接客はしていない。

「店員に触れるのは厳禁ですよ？」

「おっと、悪い」

口では悪い、と言いながらもまったくそう思っていないのはわかってしまう。

（……とはいえ、いつまでもこうしているわけにもいかないのよね）

そろそろ、王宮の茶会や夜会に復帰しなければならない頃合いであるのは事実だ。いつまでも、王妃の招待を断り続けるわけにもいかないし――少なくとも、この国にいる間は。

「王妃陛下のところには、近いうちに行くことにします。夜会は、あなたのエスコートで参加しますね」

「俺以外の男が贈った品は身に着けるなよ」

「それは無理ですね」

エルドリックの目が、険しさを増す。アウレリアは肩をすくめた。

「祖父母からの贈り物もありますので」

「それは――許すしかないな」

エルドリックが、苦笑いする。

父と呼ばれる存在から、身に着ける品を贈られたことはない。

アウレリアの持っている宝石はすべて、母の形見、もしくは母方の祖父母から贈られたものだ。


アウレリアが、王妃の命令に応じて参内したのは、それから三日後のことだった。

王宮に赴くのにふさわしいドレスに身を包み、ゆっくりと室内に入ったアウレリアを、王妃はいらいらしながら出迎えた。

「どういうつもり？　私の招待に応じないなんて」

開口一番、尖った声で責め立てられる。アウレリアは、すっと目を細めた。

アウレリアを、自分のいいように操れると考えているのなら、大間違いだ。死を意識する前のアウレリアと、今のアウレリアは大きく変化している。

その変化に、王妃が気づいているはずもないけれど。

「申し訳ございません、体調がまだおもわしくなく……無理に王宮に参っても、ご迷惑になるかと」

どこからどう見ても、今のアウレリアは完全な健康体である。

だが、しゃあしゃあと言ってのけるアウレリアに、王妃は驚いた様子で目をわずかに見開いた。

今まで、王妃の前でこんな反抗的な態度を取ったことはない。

「元気そうに見えるけれど？」

「見ている分には、そう思えるかもしれません。なにしろ、とても大きな事故だったものですから、身体が回復するのに時間がかかってしまったのです――いいえ、私を殺そうとした計画だったという話も聞いています」

その計画を立てた本人は、王妃が決めたアウレリアの婚約者である。

アウレリアの当てこすりに、王妃は気づいているのかいないのか、咳ばらいをして表情を変えた。

「ごめんなさいね、私、とても心配していたのよ。あなたが、亡くなったなんて信じたくなかった」

「私も、あんなところで死に直面するとは思っていませんでしたわ」

薄い笑みを浮かべて、王妃の言葉を受け入れる。今、王妃が口にしたのは偽らざる本音だろう。

フィリオスの立場を安定させるために、アウレリアとの婚約を推し進めたのは王妃なのだから。

それに、母からの財産にも、アウレリア本人の資質にも大いに期待していたのを知っている。

ただの婚約者でしかないのに、フィリオスの公務における下準備はすべてアウレリアが行ってきた。

以前のアウレリアなら、ただ、フィリオスを支え続ける生活になんの疑問も持たなかっただろう。

フィリオスとの結婚は、あの家から抜け出すための手段でもあった。

だが、一度死というものを間近に見た今は違う。ただ、フィリオスのために尽くし続ける生活なんてごめんだ。

同じ尽くすのなら、尽くしがいのある人がいい。

「あなたの婚約のことだけれど……」

ここでようやく、王妃は今日の本題を口にした。次に出てくる言葉はわかっている。

「フィリオスとあなたの婚約をきちんと結び直すというのはどうかしら。あなただって、今の状況がいいとは思っていないでしょう?」

アウレリアとフィリオスの婚約は、アウレリアが死亡したと思われた時に一応解消されている。

そしてリリアンとの婚約を結んだということになっているが、正式に書類を調える前にアウレリアの生存が判明し、ふたりの婚約は宙に浮いてしまっている。

「私と殿下の婚約、ですか? 私は、終わった話だと思っています」

「いいえ、そんなことはないわ。すぐに、書類を取り交わしましょう。もう一度、婚約者としてきちんとフィリオスと向き合いなさい」

「王妃陛下……それは、無理ですわ」

「無理? 私の命令でも?」

命令で、人の心を動かせるのならば、誰も苦労はしない。アウレリアは、王妃に憐れむような目を向けた。

視線に込められた意味に、王妃が気づかないはずもない。眉を吊り上げ、鋭い声を発する。

「アウレリア・デュモン! 私の命令が聞けないというの?」

「聞けません。その命令を聞いてしまえば、王家の威信に傷をつけることになります」

まずは、王家の威信から攻める。

フィリオスが王太子のグレゴリーより劣っていることを知っている王妃は、王家の威信をなによりも大切にしている。

「王家の威信ですって……？」

アウレリアのその言葉に、王妃は眉を吊り上げた。

「私の葬儀。あの場でフィリオス殿下がなにを宣言したのか、覚えていらっしゃいますよね？」

フィリオスは、愚かにも葬儀の場でリリアンと婚約すると発言した。葬儀の場での発言に、何人がフィリオスから離れたのかはわからない。

ほう、とため息をついて見せる。

葬儀の場で見せたフィリオスの愚かさ。そして、アウレリアが戻ってきてからの行動もそれに拍車をかけた。見る目のある者はとっくにフィリオスを見限っている。

（それに気づいたから、慌てて私を呼んだのでしょうけれど）

アウレリアは、フィリオスの至らない点を補うためにフィリオスの婚約者となった。本来、王子がやるべき政務も、アウレリアに回されたものも多い。

フィリオスに従って、おとなしくそれらの政務も処理してきたけれど、それももう終わりだ。

二度とあんな生活には戻らない。

「殿下はリリアンと愛し合っているのです。そこに私との縁談を復活させれば、皆はどう思うでしょう？　リリアンとて、デュモン侯爵家の娘であるのは変わらないのです。デュモン侯爵家は、フィリオス殿下のお味方になるのは変わりません」

あくまでも、デュモン侯爵家を強調する。そこに、アウレリアの意思はない。

王家とデュモン侯爵家の繋がりを強めるためならば、アウレリアだろうがリリアンだろうが変わりはないのだ。

フィリオスの責務を代理できるからとアウレリアに話を持ち掛けてきたのはあくまでも王妃の都合である。

王妃は、うつむいた。アウレリアに、表情を読まれたくないのだろう。

「王妃陛下なら、ご理解いただけるでしょう。フィリオス殿下の名に傷をつけることになります。人の口に戸は立てられませんもの」

アウレリアの資質について、知っている者は少ないかもしれないが、フィリオスの資質については広く知られてしまった。

その状況で、リリアンとの婚約を破棄し、アウレリアと再婚約したならば。

「……でも」

そもそも、以前、アウレリアが行っていた政務についても、今はどうなっているのか不明だ。戻ってきてからは、フィリオスの政務の肩代わりはしていない。

もし、フィリオスがそれらを適切に対処できていなかったとすれば。

以前、フィリオスの政務の下準備をアウレリアが行っていたことに気づく者も出てくるだろう。もしかしたら、もうひそかに噂になっているかもしれない。

「愛し合っているふたりの間には割り込めませんわ。以前からそう思っていましたが、死を間近にして、痛感したのです」

次に、気持ちの問題から攻めてみる。

とどめをさすように、にっこりと微笑んで見せる。アウレリアの言葉に、王妃は口を閉じてしまった。分が悪いというのを理解したらしい。

（愛って、それほど大切なものかしら）

もし、と頭の後ろの方でとりとめもないことを考える。

フィリオスが、婚約者としてアウレリアを適切に遇してくれていたとしたら、今とは違った道もあっただろうか。

きちんと婚約者として扱ってくれていたら、ここまでフィリオスに対する恨みの念を育てなかった気もする。

その代わり、アウレリアはフィリオスに酷使される人生を送ることになっただろうけれど。

「でも、フィリオスにはあなたが必要だわ」

「……それは、承知しております」

そう口にすると、王妃は目を輝かせた。

今のアウレリアの言葉を、自分にとって都合よくとらえたのだろう。そうするよう、誘導したのだ。王妃が誤解したのならば、都合がいい。

承知したとは言ったが、これ以上彼に手を貸すつもりはない。フィリオスと再び婚約するなんて、ありえない。

「愛なんて、どうにでもなるのよ。フィリオスには、きちんと言い聞かせておきます」

「……少し、お時間をください」

「わかったわ。また、話をしましょうね」

再婚約するともしないとも言わずに、立ち上がる。これで、しばらくの間は王妃と顔を合わせる必要はない。次は、王宮の夜会あたりか。

（私が、デュモン侯爵家を出ることはないと確信しているでしょうし）

それもまた、王妃の誤解だ。説得する時間はあると思っているのだろうが、その時間はない。

だが、その誤解を今修正してやるつもりもない。

王妃にも、恨みの念はあるのだ。

フィリオスとの婚約解消を、受け入れてもらえなかったという恨みが。

王妃に退去の挨拶をし、部屋を出て王宮の廊下を歩く。

せっかく王宮に赴いたのだ。この際だから、エルドリックの顔を見て帰ろうか。

事前に彼と約束はしていないが、アウレリアが会いたいと言ったら、都合がつく限りは会ってくれるはず。

見聞を広めるためにこの国に来ているという建前だから、もしかしたら王宮にはいないかもしれないけれど、その時はその時だ。

アウレリアは、断りを入れると、エルドリックが滞在している建物へと足を向けた。外廊下を歩きながら、ふと中庭に目をやる。

（前は、花の美しさを愛でている気持ちの余裕もなかったわね）

思い返せば、この廊下を歩くのはもう何度目になるのだろう。

王子妃としての教育を受けたあと、毎回、この外廊下を通って、フィリオスの暮らしている宮へと赴いた。

だが、フィリオスはアウレリアと顔を合わせてくれることもなく、ひとり、お茶をいただいて帰ったことも何度もある。

あの頃は、この場所を歩く度に惨めな気持ちになるのを、抑えることができなかった——と思い返していたら、中庭に何人かの貴族令嬢が集まっているのが見えた。

フィリオス達の従姉妹にあたる公爵家の令嬢が、今、王宮に滞在しているらしい。王家の思惑が、手に取るようにわかってしまう。

エルドリックと、その令嬢を結びつけようというのだろう。ベリアンド王国と繋がりを持てるのは、王家にとっても魅力的だ。

そして、集まっている令嬢達の中央にいるのは、エルドリックと、彼の供としてこの国に来ているベリアンド王国の貴族達だった。

令嬢達が集まっている様子はとても華やかであったけれど、アウレリアはむっとしてしまう。

（……思った通りだったわ）

エルドリックに女性の目が集まるだろうというのは予想していた。彼に近づこうとする女性がいるであろうことも予想はしていた。

その現場を目の当たりにしてしまうと、面白くないという気持ちがむくむくとこみ上げてくるのを押さえることができない。

「……まあ、アウレリア嬢、いらしていたの？」

声をかけてきたのは、公爵家の令嬢ルビーだ。

見つからないように引き返そうと思っていたのだが、遅かったらしい。父親が現国王の弟である彼女は、王家の顔立ちを引き継いでいる。フィリオスともそっくりだ。

（ルビー様にお声がけをいただいたら、引き返すわけにもいかないわね）

今は、エルドリックと顔を合わせたい気分ではないのに。あいまいに微笑みながら、アウレリアはそっと彼女達の方に歩みを進めた。

「王妃陛下に呼ばれて、参内しておりましたの。皆様は？」

「エルドリック殿下と、お庭を散歩していましたのよ」

嬉しそうな笑みを浮かべている令嬢には、アウレリアに対する悪意なんてまったく感じられなかった。人の醜い面は、あまり気にしないで生きてきたのだろう。

「今日は天気もいいし、お庭の花も見頃ですものね——では、私は、これで失礼——」

そそくさと立ち去ろうとしたけれど、呼び止めたのはエルドリックだった。

「アウレリア嬢も一緒に行こう」

「いえ、私は」

アウレリアが引こうとしても、エルドリックは引いてくれなかった。令嬢達をかきわけてこちらに来たかと思ったら、アウレリアの腕を取る。

「俺は、あなたを待っていたんだ」

きゃーという歓声が、令嬢達の間からあがった。歓声の理由がわからず、アウレリアは目を瞬かせる。

「素敵ですわ！」

最初に手を打ち合わせたのは、エルドリックに近づこうとしていたはずのルビーだった。

「エルドリック殿下は、必要以上に女性に近づこうとはしませんの」

「……そう、ですか」

我ながら間の抜けた声を出してしまったけれど、この場にいる人は誰も気づいていないみたいだった。エルドリックをのぞいて。

（そんな顔をしなくてもいいではないの）

こちらを見ているエルドリックが、面白そうな顔をしているからいたたまれなくなる。視線を落としたら、ルビーは、アウレリアに近づいてきた。

「エルドリック殿下は、アウレリア嬢をずっと想ってらしたのですってね」

「――な」

思ってもみなかった発言に、顔が真っ赤になってしまった。そんなアウレリアの様子も、彼女達にとっては、微笑ましいもののようだった。

「アウレリア嬢も殿下を想っていらっしゃるのかしら？」

「以前とは、雰囲気が変わりましたものね」

きゃっきゃとした声をあげている彼女達は、とても楽しそうだ。エルドリックを狙っているのではなかったか。

「……あの」

「安心してくださいませね？　私達、おふたりの味方ですのよ！」

ルビーの言葉に、きゃーという声がまたあがる。アウレリアはまったくついていくことができなかった。

（どうしよう、彼女達がなにを考えているのか、さっぱり理解できないわ……！）

これが、若さというものなのだろうか。いや、アウレリアも彼女達と同年代のはずなのだが。同じようにははしゃげない。

「アウレリア嬢、最近素敵になられましたもの」

「殿下のお気持ち、アウレリア嬢もわかっていらっしゃるのでしょう？」

「ええと、その」

どうしよう。ミアとして、はしゃいでいる貴族令嬢達の間に挟まれることは何度もあったが、アウレリア本人としては初めてだ。

どうしよう、どうしようとうろたえていたら、エルドリックが割って入ってくれたので、正直なところ助かった。

「アウレリア嬢は、まだ、正式な返事をできる立場にないんだ――いろいろ、あったからな」

いろいろ、のところで、令嬢達もしゅんとしてしまった。

そう言えば、彼女達の大半は、アウレリアの葬儀に参列していた。あの場での、あの茶番の目撃者でもあるわけだ。

「フィリオス殿下のお気持ちが、私にないのは以前から承知していたのです……ですが、王妃陛下のご命令ですもの。誠心誠意尽くすつもりでしたのに……殿下と異母妹が」

そっと視線を落とす。最後まで口にはしなかったものの、アウレリアの言いたいことを皆、理解してくれたようだった。

アウレリアが行方不明になるより前から、フィリオスとリリアンの関係は、令嬢達の間では噂になっていた。

「お辛かったでしょう」

「でも、エルドリック殿下がいらっしゃいますわ」

どうしよう、話が思ってもいない方向に転がってしまった。フィリオスとリリアンの不貞について、もう少し彼女達に印象付けるつもりだったのに。

（会話の方向性がコントロールできないわ……）

どうしたものかと思っていたら、エルドリックの視線に気づく。顔を上げ、そして上げたことに後悔した。

こちらを見ている彼の目のなんと甘いことか。令嬢達が、楽しそうにしている理由を理解してしまった。

だから、エルドリックにはかなわないのだ。

「殿下が、誰にも見向きもしないのを理解しましたわ……」

「アウレリア嬢を愛してらっしゃるのね」

なるほど、とアウレリアは理解した。

彼女達にとって、アウレリアは物語の主人公なのだ。一生懸命婚約者に尽くしていたものの、愛は異母妹に奪われ、裏切られた。

生死の境を彷徨うような大きな事故にあったが、その時救ったのは隣国の王族。そして、彼はアウレリアを愛していると言葉でも態度でも明らかにしている。

他の女性に、目をやることなく、アウレリアだけを見ている。

これは、娯楽の少ない貴族の令嬢達からしたら完璧な物語なのだ。物語が現実のものとして、具現している。はしゃぐのもそう考えればわかるような気がした。

実際は事故ではなく、殺されかけたわけではあるが、ここで本当のことは語らなくていい。

「よろしいのですか」

「好きなように言わせておけばいい」

小声でエルドリックに問いかければ、再び令嬢達の歓声があがる。そうだわ、とルビーが手を打った。

「アウレリア嬢、後日、また王宮にいらしてくださる？　若い女性だけで、お茶会をする予定ですの」

王子達の従姉妹として、幼い頃から王宮に上がっていた彼女は、王宮でも自由気ままにふるまうことを許されている。

貴族の令嬢を集めての茶会を開くのも、その一環だ。

「招待状を差し上げますから、エルドリック殿下もいらしてくださいな」

くすりと笑って彼女は付け足した。

「殿下とアウレリア嬢は、なかなか会う機会もないでしょう。どうぞ、この機会を利用なさって」

「感謝する。俺が会いに行くのも、なかなか難しいからな」

実際には、『リアーネ』に好き勝手に会いに来ているが、その事実は秘密である。

「……ありがとうございます」

思わぬところで、味方を見つけることになった。ルビーだけではない、他の令嬢達も口々に協力を約束してくれる。

そういう意味では、物語の主人公になるのも悪くないかもしれない。

そして、ルビーは、約束を守ってアウレリアを招いての茶会を開いてくれた。

彼女にとっても、エルドリックを招くというのは利があるのだ。

少なくとも、エルドリックを射止めろと命じた父親や伯父の国王に「エルドリック殿下と顔を合わせる機会を作っている」という言い訳はできる。

実際のところは、アウレリアとエルドリックが顔を合わせる機会を作っていただけだとしても。


約束通り、ルビーは茶会を開き、招待されたアウレリアは、新しく仕立てた茶会用のドレスをまとって参加した。

「アウレリア嬢、今日のお召し物も素敵ね」

ルビーの目が、ドレスにとまる。ドレスの生地は、ノクスからの献上品である。

工房の正式な稼働はまだまだ先なのだが、空き家を借り上げ、大急ぎで作った仮の工房はもう稼働している。

明るい桃色のドレスは、もちろんティール織。今日は、中庭での茶会ということもあり、日光を受け、アウレリアの動きに合わせて複雑な光を放つ。

「まあ、ティール織ね」

「ええ。ドルード子爵の領地に、ノクス商会が工房を作ったそうです。ヴォーン伯爵領の絹を使って織っていると聞きました」

「まあ、ノクス商会？」

アウレリアの説明に、ルビーの目がドレスに釘付けになった。

見る者が見ればわかるはずだ。

最高級の絹糸を使い、職人が精魂込めて織り上げた品だ。一枚一枚が非常に高価で、大貴族だったとしても入手するのにためらいを覚えるだろう。宝石と同じぐらいの値段になるのだ。

「アウレリア嬢は、ノクスとお知り合いですの？」

「ええ、商会を立ち上げる前、短い期間でしたが、我が家で働いていたのです。商会を立ち上げる時に、少々便宜をはかってあげたので、こうしていい品は優先的に届けてくれるのですよ」

以前は、目立たないようにしていたから、ノクスが届けてくれる品も最初に身に着けることはなかった。ある程度流行がいきわたってからそっと、それも目立たないように小物だけ身に着けるのがいつものことだった。

アウレリアの服飾費は極限まで削られていたから、必要最低限しか衣装を揃えられなくても驚くほどのことではなかった。

だが、今は違う。

生還したアウレリアは、今や流行の最先端をいっている。自分で稼いだお金を、遠慮なく自分に投資するようになったからだ。

おまけに、ノクス商会で取り扱っている品であれば、最優先で手に入れられる。

「ノクス商会のティール織、なかなか手に入らなくて……」

「よろしければ、ノクスに紹介状を書きますわ。優先してお渡しするように、と」

裏に込められているのは、市場に出回らない高品質な品を、安く提供するようノクスに話をつける、ということである。

ルビーはアウレリアが言外ににじませた意味にしっかりと気づいてくれた。

「よろしいんですの？」

「ええ、彼が独立する時、私が援助したんですもの。私の友人には、彼は便宜を図ってくれます」

アウレリアが援助したのではなく、商会の持ち主はアウレリアだが、ここでそれを公開する必要もない。あくまでも商会主はノクスということにして話を進める。

「今日の髪飾りはどちらでお求めになりましたの？」

と、ひとりが重ねて問いかけてくる。

髪飾りも、ブレスレットも、日傘も靴もすべてノクス商会の傘下にある店で購入したものだ。

近頃では、腕はいいのに人気のなかった仕立屋も傘下におさめ、アウレリアのドレスを仕立てている。

アウレリアは、ノクス商会の真の商会主でもあり、広告塔でもあるのだ。以前ならばともかく、美しくなったアウレリアは、十分広告塔の役を果たしている。

「まあ、全部ノクス商会……」

令嬢達は、アウレリアの身に着けている品々を見てうっとりとしている。どれも、最新流行最高級の品々だ。

「公爵令嬢、アウレリア嬢を借りても構わないか」

そして、令嬢達の期待通り挨拶回りをすませたエルドリックは、アウレリアの側まで来てくれた。今日の彼は、アウレリアの衣装と揃いにしたティール織の生地を、上着の一部に使っている。

「ええ、もちろんです……素敵、お揃いですのね」

エルドリックの衣装に気が付いたルビーは、目を丸くした。

「彼女がこのドレスを着ると知ったので、ノクスに無理を言ってしまった」

悪びれずにエルドリックは笑う。ふたりの関係を隠す気などまるでないらしい。

エルドリックはアウレリアと交際している——その先に待っているのは、アウレリアとエルドリックの婚約であると、喧伝しているのだ。

「素敵。私も、婚約者にそうしてもらおうかしら」

エルドリックとの縁を求めているわけではなく、公爵令嬢であるルビーの友人としてこの場に招かれていた令嬢が、エルドリックの装いに感嘆の息をついた。

「少し、独占欲が強すぎる気もするが——愛する人と揃いというのは悪くないな」

「——殿下！」

アウレリアの耳が、かっと熱くなる。間違いなく頬も真っ赤になっている。

「なにが悪い？　俺は思ったことを言っただけだ」

「……そうかもしれませんが」

本当に、エルドリックは思ったことを素直に口にするから、アウレリアも困ってしまう。彼の気持ちを、全身で受け止めることができればいいのに。

アウレリアとエルドリックの味方になってくれる人が増えたのは事実だけれど、もちろん、面白くないと思っている人も多数いる。

どうやら、今日の招待客の中にもいたようだ。ルビーの招待客が全員、アウレリアに好意的なはずもない。

エルドリックと歩いていたら、ふと、ひそひそと囁き合う声が耳に入ってきた。

「見て、婚約者気取りだわ」

「フィリオス殿下との婚約はどうなったのかしら？」

「あれは、一応破談になったはずだけれど……」

「でも、アウレリア嬢が亡くなったと思ったから破談になったわけで。生きているのであれば……」

王妃にも、アウレリアはフィリオスの婚約者に戻るつもりはないと話をしたのに、納得できない人も多数いるらしい。

今の噂話が、エルドリックの耳に届いてしまったのではないかと、はらはらしながら彼を見上げる。

「どうした？」

「気になりませんか？」

「言わせておけばいい。俺達は誰にもやましいことはしていないのだし」

「そうかもしれませんが……気になるものは気になります」

人気のないところで、淫らな行為に及んでいたフィリオスやリリアンとは違う。

エルドリックと顔を合わせるのは、こうやって招待された場が基本だ。彼がデュモン侯爵家を訪れたこともあるが、ずっと使用人が室内にいた。

ノクス商会の店舗でも顔を合わせているが、そこは例外としていいだろう。

アウレリアがノクス商会の商会主であると知っているのは、商会関係者とエルドリックだけだ。

「言いたいやつらには言わせておけばいいんだ。俺の気持ちが変わるはずないんだから」

「エルドリック殿下を信じていないわけではありませんよ。信じています」

エルドリックを疑う必要なんてまったくない。

彼は、アウレリアに正面から気持ちを告げてくれたし、他の女性の前でも、アウレリアに好意を寄せていると明らかにしている。

エルドリックの気持ちを疑う余地なんて、まったくなかった。

「破談になっていないのに、他の男性と出歩くなんて」

「我が国の貴族として恥ずかしくないのかしら」

アウレリアとエルドリックに厳しい目を向けているのは、フィリオスやリリアンと近い立場にある人達だ。

（……噂の出どころは、前と一緒でしょうね）

リリアンが屋敷にフィリオスの側に立っている貴族達を招いて、茶会をしていたのは知っている。アウレリアには、「茶会を開く」という連絡すらなかった。

アウレリアが、茶会の会場となっていた温室を使う予定だったら、どうするつもりだったのだろう。

「さて、そろそろ王宮の夜会か」

「ええ……それまでの間に、私ももう少し準備を進めておかないと」

夜会の場で、フィリオスを揺さぶるつもりだ。再婚約の話をアウレリアが受け入れていなかったと知ったら、フィリオスはどんな反応を示すのだろう。

＊　＊　＊

フィリオスが中庭に面した廊下を歩いていたら、窓から華やかな笑い声が飛び込んできた。

（そう言えば、貴族の娘達を招くと言っていたな）

少し前から、従姉妹のルビーが王宮に滞在している。

いきなり隣国からやってきた王太子のエルドリックと、公爵令嬢であるルビーを結びつけたいというのが父である国王と公爵である叔父の意向だ。

最初は、従姉妹も悪くない話だと言っていたはずなのに、どうしたというのだろう。エルドリックにアウレリアが近づいていても、止める気配すらない。

（あいつ、なにをやっているんだ？　あの女を排除しなければならないだろうに）

フィリオスの視線の先では、皆から少し離れたところでエルドリックとアウレリアが何事か話しているのが見えた。

こういう風に屋外で催される茶会の場合、好意を持っている者同士、皆とは少し離れたところで話をするのも珍しいことではない。

他の人が一緒の場では、手を握ることも口づけることもできないが、ほんの数分、他の者達の目を逃れられれば、互いの気持ちを伝え合う時間は十分にある。

けれど、アウレリア達は他の人の目が届かない場所には行かなかった。

小声で話せば会話の内容は他の者の耳には届かないだろう距離だが、他人の目から姿を隠すような場所には行っていない。

なにがおかしいのか、アウレリアがくすくすと笑うのが見えた。

（気に入らないな、あいつ）

戻ってきてからのアウレリアは、以前とは大きく変化した。

以前なら、フィリオスの顔色をうかがっておどおどとしていたのに。

王子妃教育のあとに行われる茶会をすっぽかしても、夜会の場でひとりきりにしても、彼女がフィリオスに文句を言ってくることは一度もなかった。

だが、今のアウレリアは、大きく変化した。身にまとうのは母である王妃でさえも持っていないような見事なドレス。

宝石はさほど大きなものではなかったけれど、小さめの粒をいくつも使って輝きを増している斬新なデザインの装身具。台座に施された細工の繊細さで、他の者とは違う魅力を引き出している。

わざとらしく葬儀の場に出てきて、フィリオスに恥をかかせたアウレリアを陥れようと、リリアンの取り巻きや自分の取り巻きを使って噂をばらまいた。

今までだったら社交界中に広まっていたはずのアウレリアの悪行は、今は誰も気にしていない。それどころか、エルドリックとの恋の話や、身に着けている宝飾品の見事さでフィリオスのばらまいた噂は完全に消去されてしまっている。

気に入らない、気に入らない。気に入らないのだ。

以前なら、必死にフィリオスの気を引こうとしていたのに、今のアウレリアはフィリオスなんて視界に入っていないかのようにふるまう。

（……なぜだ？　なぜ、あの男がアウレリアを構う？）

アウレリアが世界で一番愛おしいと言わんばかりのエルドリックのまなざし。

彼の前に立ちたいと願う者は何人もいるだろうに、エルドリックはアウレリアだけにその視線を注ぐ。

エルドリックに近づくなんて、なにを考えているのだろう。

（――最近、俺もおかしい）

アウレリアのことなんて、どうでもいいと思っていたはずだった。

彼女より、異母妹のリリアンの方がずっと魅力的に見えていた。

だからこそ、リリアンと逢瀬を重ね、アウレリアを追いやる算段をしていたのだが、近頃なにもかもが思っていたようにならない。目に入れたくなくても、アウレリアが目に入るのだ。

エルドリックがなにを言ったのか、アウレリアは首を傾げた。その拍子に、銀の髪飾りがきらりと輝く。以前は、あんな流行の品を身に着けることはなかったのに。

（……認めたくはないが、たしかに以前よりは見られるようになった）

以前のアウレリアは、美しく装うことを放棄していた。

王宮に王子妃教育を受けるために訪れた時でさえも、上質ではあるが仕立て直した形跡のあるドレスを着用していた。

髪も地味な形に結っただけで、身を飾る宝石なんてほぼ身に着けていなかったように思う。化粧だって必要最低限。少なくとも『自分を美しく見せる』ための装いではなかった。

「なぜ、変わったんだ？」

声に出してつぶやいてしまう。なぜ、変わったのだろう。あの頃も今のように装っていたら、側に置いてやってもよかったのに。

フィリオスのためには努力しなかったくせに、エルドリックのためならば、美しく装うというのか。

いらっとした拍子に、思わず窓を叩いてしまう。その音がアウレリア達のいるところに届くはずもなかったのに、エルドリックの目がこちらに向けられた。

（——あいつ！）

ゆっくりとエルドリックの口角が上がるのを、たしかにフィリオスは目撃した。

一歩踏み出し、アウレリアの方に身をかがめたエルドリックが、何事か囁く。驚いた様子で後退したアウレリアが、エルドリックを睨みつけ、そして視線をそらすのもまた見えてしまった。

あんな風に、表情豊かだっただろうか。認めざるを得ない。以前よりもずっと、魅力的になっている。

もう一度こちらを見上げたエルドリックが、再び笑みを浮かべる。

なにかに負けたような気がして、先に目をそらしたのはフィリオスだった。

（——許さない）

こんなにもフィリオスを馬鹿にして、報復する気がないとでも思っているのだろうか。

報復してやる。心の中でつぶやく。その決意が、自分にどんな未来を運んでくるのか想像さえもせずに。

第七章　お望み通り悪女になりましたがなにか？

デュモン侯爵家に、若い女性が集まっている。それは珍しいことではないのだが、今日はいつもとは違っていた。

今日の茶会、リリアンではなくアウレリアが主催者なのだ。

以前は、アウレリアが茶会を屋敷で開くことなんてなかった。

王子妃としての教育とフィリオスの政務の下準備に追われ、招かれた茶会に参加する時間を捻出するだけで精一杯だったから。

その合間を縫ってノクス商会で働いていたのは秘密であるが、理由はそれだけではなかった。

アウレリアが人を招くのに、侯爵はいい顔をしなかったのだ。アウレリアが家でどんな扱いをされているのか、他の人に知られたくなかったのかもしれない。

「今日は、ノクス商会の持ってきた品を皆様にも見てもらおうと思って集まってもらったんです」

今日の茶会の会場は、いつもの応接間ではなく、舞踏会を開くのに使われている広間を使っていた。ふたつある広間のうち、小さな方だ。

窓際の明るい位置にティーテーブルをセットし、そこで招待した令嬢達とお茶の時間を楽しむ。

　それから、広間にはいくつものテーブルが運び込まれていて、そのどれにもノクス商会の品々が飾られていた。

「どれでも、好きなものをお求めになって。ノクス商会の者も側に控えていますから、商品の説明を聞くこともできますよ」

　今日の茶会は、ノクス商会で商っている品が欲しいが、手に入らないと嘆いていた令嬢達のために開いたものだ。

　ノクス商会に伝手のあるアウレリアが、侯爵家に商品を届けさせ、令嬢達は、その商品の中から好きなものを選んで、後ほど屋敷に届けてもらうというわけだ。

　この場には、平民向けのものから、貴族にとっては日常使いできる品、さらには一点ものの高級品まで揃えられている。

　今日は、今後屋敷に出入りするお得意様およびお得意様候補だけがここに招かれているのだ。お得意様の筆頭がデュモン侯爵家——というよりアウレリアであり、今後は、今日の招待客の屋敷へも出入りできることになる。商会の規模を広げるのにも、いい機会であった。

「素敵。このレース、なかなか手に入らないのでしょう？」

「さようでございますね。この織ができるレース職人は数が少ないものですから」

　お茶よりも、目の前に並んでいる美しい品々に令嬢達の視線は釘付けだ。

もちろん、ここ一番の流行であるティール織は、山のように持ち込まれている。

ドルード子爵領の工房で織ったものだけではなく、もともとの生産国から、ノクスが持ち込んできた品もある。

「アウレリア様、次の商品を持ってくるようノクスに言いましょうか」

「お願いできる？」

アウレリアに声をかけてきたのは、クラーラだ。クラーラには、ノクス商会を通じて、今日の手伝いをするように依頼していた。

もともと、リリアンとの接点をなくしたがっていた彼女にとっては、渡りに船だったのだろう。ノクス商会を通じて援助をしたのがアウレリアだというのは伝わっているらしい。

アウレリアの微妙な立場はまだ変わらないが、背後にエルドリックがいるのは広まっている。

リリアンとではなく、アウレリアと誼を通じたいと思ってもらえるならば、こちらとしては上々だ。

「エミリー嬢、結婚が決まったお祝いを贈らなくてはね。こちらの生地はいかが？　寝具を仕立てるのにいいと思うの」

「よろしいのですか？」

そして、エミリーもまたこの場にいる。

同じようにノクスを通じて、アウレリアが新しい縁談を世話してやったため、リリアンについている必要はなくなった。

もちろん、彼女の父としては、デュモン侯爵家から離れるのは好ましくないことだっただろうが、エルドリックがこっそり援護してくれたらしい。

隣国との特別なコネクションを提示したようで、ドルード子爵家との縁組が決まったヴォーン伯爵もすっかりこちらの手の内に入った。エミリーも、今日は手伝いとして参加してくれている。

「もちろんよ。どうぞ、こちらのティール織のドレス生地もお持ちになって。きっとエミリー嬢の肌の色に映えると思うの」

さらに結婚のお祝いを贈られたエミリーはみるみる目を丸くした。

「今日のお茶会、来てよかったわ……」

「本当に。アウレリア様のおかげね」

集まっている令嬢達の目が、アウレリアに集中する。

今日のアウレリアは、目の色よりは淡い色合いの水色のドレスを身に着けていた。全体的に青い小花模様が散らされ、胸元と手首、スカートにあしらわれているレースが美しい。

これは、次の商品として企画している品である。小花模様は、刺繍ではなく、染めたもの。新たな染の技法を使っているため、この国ではまだ見られない鮮やかな青い花だ。

見たこともない新しいドレスに、令嬢達の視線がちらちらと集中する。それには気づいていないふりをつらぬき、アウレリアはなおも微笑んだ。

「ノクス、今日のお品物は以上かしら？」

「こちらのレースで最後でございます、アウレリア様」

ノクス商会が今日ここに持参した品は、どれもなかなか手に入らないものばかり。

その上、王妃に献上したのと同等の品も中には含まれているため、令嬢達の視線がぎらぎらとしてしまうのもしかたない。

おまけに、今日は、「日頃お世話になっているアウレリア様のため」という名目で、普通なら数か月待ちの品も持参している。

誰がどれを購入するのか、令嬢達の間ではバチバチと目には見えない火花が散っていた。

だが、あくまでも集まっているのは貴族令嬢達。

表面上は上品に、陰では激しい争いを繰り広げ、最終的には、それぞれがそれなりに満足できるところに落ち着いた。

「ノクス商会の新製品を、こんなに早く入手できるなんて」

「ルビー様。そちらのレースは、王妃陛下に献上した以外はまだ出回っていないのですよ」

ノクスの言葉に、ルビーは、パッと顔を輝かせた。

王妃と自分しか持っていない品を入手できたなんて、貴族令嬢としては鼻が高くなってしまっても不思議ではない。

ルビーには、王宮に滞在している間に茶会に招いてもらった恩がある。

お礼の品は他にも用意してあるが、今日のレースは彼女に持って帰ってもらうのがよさそうだ。

「レースはいつから販売になりますか？」

レースは最初に王妃に献上し、次にはルビー公爵令嬢が入手。アウレリアの手元にも一着分はあるが、それ以外にはまだ出回っていない。

繊細で美しいレースがいつから販売開始になるのか、令嬢達にとってはなによりも気になる情報であった。

「来月にはもう少し入荷する予定です。お申しつけくださいましたら……ですが、欲しい方全員の分を揃えられるかどうか」

問われたノクスは申し訳なさそうに眉を下げた。

本気でそう思っているように令嬢達には見えているだろう。実際のところは、それなりの数を用意できるめどは十分立っている。

「ノクス、どうにかならない？　ここに集まってくださったのは、私と親しくしてくださる方ばかりなの」

アウレリアの言葉に、ノクスは思案の表情になった。演技である。

今回ノクスが発見し、輸入してきたレースの数はかなり多いのだが、こうやって出し渋ることで価値を釣り上げ、購買意欲を誘っているのである。

さらに、ここに集まっている女性以外は入手が難しいともなれば、希少価値はますます高まろうというものだ。

「なんとかいたしましょう。来月揃えられなくても、再来月には」

ここに集まっている全員にいきわたるぐらいの分量はしっかり確保しているくせに、難しい顔をしてノクスは言い放った。

「なんとか来月に用意できない……？」

「アウレリア様のお言いつけでしたら」

これもまた演技である。「アウレリアの口添えでノクスが頑張った」と印象づけるのが大切なのだ。

「では、皆様――」

楽しい歓談の時間に戻りましょうか、とアウレリアが声をかけようとした時、広間の扉がバンと音を立てて開かれた。

入ってきたのは、リリアンである。

リリアンが持っている外出着の中でも、一番いい品を選んで着用しているということは、フィリオスとどこかで会っていたのかもしれない。

「ひどいわ、お異母姉様、私抜きでお茶会だなんて」

この屋敷で開かれる茶会に、リリアンがアウレリアを招いたことはなかった。なのに、なぜ今、アウレリアがリリアンに声をかけなかったことを非難しているのか。

過去には触れず、アウレリアは、ふぅとため息をついた。

「リリアン、この場に集まっているのはノクス商会のお得意様ばかりなの」

正確には、これからノクス商会のお得意様になるであろう令嬢も含まれているが、それはまあいい。ノクス商会の中でも、店には出さず、こうして屋敷に運んできてくれるのは特別な品ばかりというのはリリアンも知っているはず。

「だったら、私も買うわ。それなら、いいでしょう？　ほら、そこの絹とか」

「それはもうエミリー嬢のものよ？」

エミリーの背後に置かれていたティール織に目をつけたリリアンだったが、それは結婚のお祝いとしてアウレリアがエミリーに贈った品である。それを横から奪われては、たまったものではない。

「残念ですが、お嬢様。今日、こちらにお持ちしたのは、特別な品ばかりで、もうすべてお買い上げいただいております」

「……なによ、私に売るものはないって言うの？」

リリアンがむくれた声を出す。ノクスは、ちらりとアウレリアに目をやった。わずかにアウレリアは首を縦に動かす。

「最高の品はもう売り切れてしまいましたので……次の入荷は、来月になります。ですが、お得意様……」

申し訳なさそうにノクスは視線を落とした。リリアンはますますいきり立つ。

「ないというの？」

「再来月までお待ちいただけましたら、ご用意できますかと」

今の発言は、来月の入荷はまずお得様に持っていく。

リリアンのところに持っていけるのは、その中で残った品だけなのだが、リリアンは理解できているだろうか。

「なんとかしなさいよ、商人でしょう？」

「商人でも、海の上にいる船はどうにもできませんので」

リリアンは、まだノクスに文句を言いたいようだった。だが、室内にいる全員の視線が、自分に集中しているのにようやく気づく。

「ごめんなさいね、リリアン。今、おもてなしをしているの……あなたのお客様は、また改めてご招待したらどうかしら？」

柔らかな口調ながらも、アウレリアはリリアンをそっと扉の方に押しやる。そして、囁いた。

「ルビー公爵令嬢があなたを見ているわよ？」

ルビーは、この国でも数少ないリリアンより高位の貴族令嬢である。

彼女の存在が今まで目に入っていなかったのか、アウレリアの言葉にぎょっとしたように肩を跳ね上げた。

ルビーの前で、これ以上の醜態をさらすわけにはいかないと気づいたらしい。

気づくのが遅すぎたが、リリアンのみっともないところを他の令嬢達にもしっかり見てもらう機会になった。これはこれで、アウレリアにとっては上々だ。

「お客様をお招きするなら、事前に一言言ってほしかったわ」

「あら、あなたがお客様をお招きする時、私に言ってくれたことがあったかしら」

アウレリアが反論するのにもまた、リリアンは悔しそうな顔になる。

実際、リリアンが客をもてなす時、アウレリアに声をかけてくれたことなどないのだからお互い様だ。

ふん、と鼻を鳴らし、ようやくリリアンは客間を出ていく。アウレリアは、申し訳なさそうな表情を作って、招待客達に頭を下げた。

「お見苦しいところをお見せしてしまって……」

「いいえ、今のリリアン様のふるまい、貴族とは思えませんわ」

ルビーは、眉を寄せた。

「私の言葉には、耳も貸してくれないので……」

ルビーの言葉に、さらに申し訳なさそうに腰を折る。それ以上、彼女達はリリアンを責める言葉を口にはしなかった。

アウレリアが、自分の過ちとしたことで、これ以上追及するのは美しくないという結論にいたったのである。

この件も、リリアンから人が去る理由になるのだけれど、リリアンは、それに気づいてはいなかった。

＊　＊　＊

いよいよ王宮の夜会に復活する日が来た。

侯爵は、アウレリアにエスコート役について問うことはなかった。

婚約者がいれば彼に依頼するのが筋であるが、フィリオスとの再婚約についてはあえて宙に浮かせている。

それならば、親族が務めなければならないのだが、アウレリアに手を貸してくれるつもりはないらしい。

（エルドリック様がエスコートしてくれるから問題はないけれど）

エルドリックがアウレリアに求婚しているのは、今夜の参加者は皆知っている。フィリオスとの再婚約は実現しそうにないということも。

エルドリックにエスコートされれば、あとはいいように解釈してくれるに違いない。

あまり浮かれているところを見せられない侍女達の手前、そう言ってはみたが、今日の仕上がりはとてもいい。

「……悪くはないわね」

エルドリックは、アウレリアを最大限に美しく見せる術を心得ているらしい。

この国の流行である上半身に飾りをたくさんつけたドレスよりも、上半身はすっきりとさせたデザインのドレスの方がアウレリアには似合う。

黄金の台座に、サファイアをあしらった揃いの装身具。髪飾りも、耳飾りも、首飾りも、同じ職人の手によるものだ。それだけではなく、両手首にはめられた腕輪も、揃いのもの。

ひとつだけでも非常に高価な品なのだが、揃えばその価値はぐんと高くなる。

侍女達総出で手入れしてもらった黄金の髪は、キラキラとまばゆいばかり。縦に渦を巻くように巻き、肩から背中に流れ落ちるようにした。

紫を基調としたドレスに、レースは黒。リリアンと並んで立つと地味に見えがちなアウレリアのすっきりとした容姿に、紫と黒が妖艶さを添えている。

（……悪くない、どころか、すごく素敵だわ）

絹手袋の下には、綺麗に磨かれ、色を塗られた爪。

右手の中指には、エルドリックから贈られた魔道具の指輪。黒いレースの扇を持てば、鏡から見返してくるのは、立派な悪女だった。

(私をあしざまにののしっていたのは、あの人達だもの)

なにもしていないのに、社交界にアウレリアの悪名が鳴り響いていたのは、その出どころが家族のリリアンと婚約者のフィリオスだったからである。

(今までは、違ったけれど……)

今後は立派な悪女になる。

王宮に滞在しているにもかかわらず、エルドリックはわざわざアウレリアを迎えに来てくれた。

玄関ホールまで下りれば、黒を基調とした盛装に身を包んだ彼は、アウレリアを見て目を大きくした。

「――美しいな!」

真正面から向けられた賞賛の言葉に、ぼっと顔に血が上った。

婚約していた相手には、まともに誉められたことはなかったから、惜しむことのないエルドリックの言葉には簡単に反応してしまう。

「ありがとうございます、エルドリック様も素敵ですよ」

エルドリックの黒い上着に刺繍されているのは、アウレリアのスカートの裾に刺繍されているのと同じデザインだ。

もしかしたら、ドレスにあしらわれたレースが白ではなく黒に染められたものだったのは、こうやってエルドリックと色を合わせるためだったのかもしれない。

彼の耳には、アウレリアが身に着けている品と同じ職人によると思われる小粒のサファイアがはめ込まれた耳飾り。クラヴァットピンも同様だ。

こうしてみると、完全にアウレリアを自分の中に囲い込もうとしているのが伝わってくる。

（……どうしよう）

婚約している間柄でも、こんなにも独占欲丸出しの装いで夜会に現れる者はそう多くない。まるで、エルドリックの愛情に縛られてしまっているみたいだ。

それを、悪くないと思ってしまうのだから、どうかしている。

胸の高鳴りをおさえるように、そっと彼の方へ一歩踏み出した。

「連れて行ってくださいます？」

「もちろん」

ゆっくりと口角を上げて問えば、同じようにゆっくりと口角を上げた彼が返してくる。そこに浮かぶのは、共犯者の笑み。

もう、フィリオスなんて怖くない。家族と呼んだ人達だって、もうどうでもいい。

王宮まで、何度も通った道だったけれど、今日はいつもと違うように感じられた。

夜空に浮かび上がるのは、明るく照らし出された壮大な建物。

何台もの馬車が、繊細な彫刻の施された門をくぐって中へ消えていく。

エルドリックに導かれ、馬車を降り、磨き抜かれた廊下を歩く。周囲の人達の目が、こちらに突き刺さるのもまったく気にならなかった。

「たくさんの人に見られていますね」

「今日のあなたが美しいからだろう。今まで、あなたの美しさに気が付かなかった者達は、今頃悔しがっているだろうな」

「今さら悔しがったところで、私の心がどこにあるのか……エルドリック様はよくご存じでしょうに」

今浮かべたのは、淑女らしからぬ微笑みだったかもしれない。でも、それでいい。もう、おとなしくやられっぱなしではないのだ。

もうすぐ、半端な関係の元婚約者が、完璧に元婚約者になる。

エルドリックに連れられ、今日の会場である大広間に入る。壇上には、王族の席が設えられていた。そこには国王夫妻が並んで腰を下ろし、集まっている人達からの挨拶を受けている。

エルドリックとアウレリアが並んで入ると、ここまですれ違った人達同様、視線がふたりに突き刺さる。けれど、アウレリアは気にしなかった。

真っすぐに前を向いて歩き続ける——と、そこに横から飛び出してきたのはフィリオスだった。

「アウレリア！　他の男といるとは、どういう了見だ」

周囲は、しんと静まり返っている。扇を広げたアウレリアは、その縁越しに、目元だけでフィリオスに微笑みかけた。

「どういう了見……とは、どういうことでしょう？」

「は、母上から話があっただろう。俺と、再婚約すると。なのに、俺以外の男と」

誤解するよう誘導したのはアウレリアだが、王妃はまだ諦めていなかったのか。そして、フィリオスはアウレリアと再婚約するつもりだったのか。

リリアンを隣に侍らせているというのに。

手紙の一通すらよこさず、再婚約するつもりでいたとは笑わせてくれる。たしかに、以前のアウレリアならばそれでよしとしただろうけれど。

「あら、私が不特定多数の男性と関係を持っていたとおっしゃったのはあなたではありませんか？　それが事実だったとしても、隣国からのお客様をこうしてご案内する役を引き受けているだけですし、問題はないと思いますが。それに、再婚約のお話でしたら、お断りさせていただいていますわ」

「なんだと！」

フィリオスは、アウレリアを睨みつける。それでも、アウレリアの微笑みを崩すことはできなかった。

扇からのぞく目元だけでも、アウレリアが嘲りの笑いを浮かべているのがわかったのだろう。こちらに踏み出し、腕を掴もうとする。

その前に素早く立ちふさがったのは、エルドリックだった。

「そこをどけ！　他国の者が我が国の――」

「うるさい。こんなところで大声をあげてどうする？」

さすがのフィリオスも、エルドリックに掴みかかるのはまずいと判断したらしい。掴みかかったところで、返り討ちにされるだけだというのも簡単に予想できただろうが。

王宮でぬくぬくと王妃に守られて育ってきたフィリオスと、みずから戦場に身を投じたこともあるエルドリックでは、最初から勝負にならない。

「アウレリア嬢、そもそも、フィリオス王子からエスコートの話はあったのか？」

「いいえ。ですが、私の葬儀の場でリリアンと結婚するとおっしゃっていましたし、エスコートの話がなくても不思議には思いませんでしたわ」

アウレリアの方に向き直って投げられたエルドリックの問いも、それに返すアウレリアの言葉も、静まり返っている中ではよく響いた。

葬儀に参列していたのは、貴族の中でも選び抜かれた人達だけ。けれど、そこであった前代未聞の騒動については、あちこちで語られている。

埋葬されるべき本人が、喪服を着て現れたのだから、それはもうインパクトがあったことだろう。扇で口元を隠したまま、アウレリアはフィリオスをじっと見た。

「そ、それは――その女が、俺にふさわしい装いをしなかったからで」

「あなたの婚約者だった時代、ドレスの一着もいただいていませんが？」

フィリオスの目が、アウレリアの装いを上から下まで確認する。いずれも最高級品であるのに気が付いたようで、目を見開いた。

（……驚いてはいるみたいね）

フィリオスの婚約者だった頃、アウレリアは常に質素な身なりをしていた。

みすぼらしい格好をしてほしくないのであれば、フィリオスがドレスを贈るべきだったのだ。アウレリアに与えられる被服費はさほど多くなかったし、ノクス商会で働くためには、さっと着替えられる簡素な服装の方が都合がよかった。

宝石類も、リリアンは多数持っていたけれど、アウレリアは生母から譲り受けたものや母方の祖父母が贈ってくれたものだけ。

あの頃は目立つ装いもできなかったから、母の遺したドレスを仕立て直して着ていた。

だが、今は違う。

王妃や、高位貴族の女性の中でも特に選ばれた人しか持っていない品も、アウレリアの手元には多数ある。なにしろ、それらをこの国にもたらしているのはアウレリアなのだから。

アウレリアの権限で、新たに雇った侍女達に、丹念に肌や髪の手入れもしてもらっている。

今のアウレリアは、どこにも隙はないはずだ。

「――ひどいわ、お異母姉様！　フィリオス様を裏切って、こんな――こんな、他の国の男性と一緒に来るなんて」

形勢不利になったフィリオスをかばおうと思ったのか、今度はリリアンが飛び出してきた。だからといって、アウレリアがひるむはずもないけれど。

「まあ、リリアン。先に裏切ったのは、あなたの方でしょう？　ねえ、どうして『フィリオス様』なのかしら」

殿下ではなく名前で呼ぶことを許されるのは、ごく親しいものだけ。それをちくりと指摘してやる。アウレリアが指摘するまでもなく、すでに気づいている人もいた。

「そ、それは、私が、フィリオス様の将来の義妹だからよ！　特別だわ！」

「そうだ！　どうしてもと言うから、許可したのだ」

加勢したリリアンにお返しとばかりに、今度はフィリオスが加勢する。

その言い訳、悪くはなかった。次のアウレリアの一言さえなければ。

「あら、私は殿下としかお呼びすることを許されなかったのに、あなたは名前で呼ぶのを許されているのね？　婚約者の妹だから？」

ここでふたりとも、自分の失敗に気づいたらしい。口をパクパクとさせているのを見て、アウレリアは嫣然と微笑んだ。

「あなたが、認めなくてもいいのよ。証拠はあるのだから」

　ここまで来れば、国王が動くはず。と思った次の瞬間、座っていた国王が立ち上がった。

「夜会でこんな騒ぎを引き起こすとは！　フィリオス、こちらに来い。エルドリック王子、アウレリア嬢も頼む」

　フィリオスがしぶしぶと国王の方に向かう。エルドリックの腕を借りたまま、アウレリアも彼に従った。

「アウレリア嬢、フィリオスと再婚約の方向で進んでいると王妃からは聞いていたのだが」

　わかっているくせに、国王はあえて口を開く。

「お言葉ですが、陛下。とっくの昔に、私と殿下の関係は崩れています。今日は、その証拠をお持ちしました」

　アウレリアが持参したのは、クラーラとエミリーが提示してくれた不貞の証拠だった。後日話をするつもりだったから、グレゴリーに預けてある。

　クラーラもエミリーも日記をつけていて、その日記には、アウレリアを放置してフィリオスとリリアンが会っていた日がしっかりと書かれている箇所があった。

　それだけではない。フィリオスがリリアンに宝石を買ってやった証拠だの、ドレスを仕立ててやった証拠もあった。アウレリアが、行方不明になる前から、ふたりは深い仲だったと示す証拠である。

ノクス商会が傘下に納めた仕立屋の中に、もともとフィリオスがリリアンのためのドレスを注文していた仕立屋の従業員がいた。

その者を通じて、ドレスの注文書などの証拠を提出させた。それらの証拠も、もちろんここに含まれている。

「私が戻ってきてから、正式に話を進めずに参りましたが、陛下——証拠をのちほど確認していただけませんか。フィリオス殿下との再婚約についてはお断りさせていただきたく存じます」

命を救ってくれたのはエルドリックだが、ここまで証拠を集めるのには、アウレリアも動いた。ノクスや、クラーラやエミリーの力を借りて。

クラーラやエミリーに恨みがないとは言わないが、フィリオスとの婚約を破棄する証拠集めを手伝ってもらったから、これで相殺しようと思っている。

「先ほど、私も確認させてもらったが……フィリオス、これは言い訳できないぞ」

グレゴリーに目で合図された侍従が、預けておいた証拠を手に、前に進み出てくる。

「違う！　それは捏造だ！　俺は不貞など——」

「黙れ！　フィリオスを自室に連れていけ！」

まだわめこうとしていたフィリオスだったが、国王の命令で出てきた騎士達に引きずられるようにして出て行った。

ちらりと目を向ければ、残されたリリアンは言葉もなくぶるぶると震えている。今まで、彼女の身近には、こんな修羅場はなかっただろう。

侍従の差し出した証拠を何枚かめくってみた国王は、眉間に皺を寄せてしまった。

先ほどはうまく調子を合わせてくれたが、アウレリアが再婚約を望んでいないとは、想像もしていなかったのだろう。王妃からも、いいように聞いていたに違いない。

だが、集まっている貴族達の視線が、国王を鋭く射貫いているのに気づくと、フィリオスとの再婚約は無理だと判断したようだ。

エルドリックとアウレリアが、すでに仲を深めているように見えるのもそうだ。

今日は揃いの衣装である。ふたりが婚約者だと言った方が、周囲も納得するだろう。

「わかった。後ほど、正式に書類をとりかわそう、いや、今までなあなあにしていたのが間違いだったのだ」

「ありがとうございます、陛下」

アウレリアはスカートを摘まみ、ゆっくりと頭を下げた。

その仕草はあまりにも美しく、アウレリアがしっかりと王子妃教育を受けていたというのが、見る者にも伝わるものだった。

「私から、謝罪を。弟の愚行をとめられず、申し訳なかった」

「いいえ、王太子殿下。殿下は、幾度も私を救ってくださいました」

やはり、グレゴリーはやり手だ。ここでアウレリアに謝罪することで、王家に対する貴族の感情の悪化を食い止めようとしている。

実際、彼には夜会の場で何度も助けてもらった。彼が側にいる間は、令嬢達にひそひそされないですんだ。彼に悪い感情は持っていない。

この場の空気がほっとしたものに変化する。皆、これで終わったのだと思ったらしい。

だが、一度は落ち着きかけた空気を破ったのは、エルドリックだった。

「――アウレリア・デュモン侯爵令嬢」

「はい、エルドリック殿下」

エルドリックは、アウレリアの前に膝をついた。

その次に、彼がなにを言おうとしているのかなんてわかりきっている。

どうしたって、胸が高鳴るのを押さえられない。自分の心臓が、こんなにも早く鼓動を刻めるなんて初めて知った。

顔が熱い。変な表情になってしまっていないかも心配だ――でも。

「今まで、口にすることはできなかったが――どうか、私と結婚してほしい。あなたが私と結婚してくれるのであれば、この国への援助は約束通り続けよう」

その言葉にざわざわとしたのは、事情を知らない者達。

エルドリックは、ただ、遊学のためにこの王宮に滞在していたわけではなく、衰退しつつあるこの国に、援助の手を差し伸べるための交渉をしていたのだ。

結婚相手をこの国で探すというのは、条件には含まれていなかったけれど、フィリオスがエルドリックに吐いた言葉だけでも、援助をなかったことにするには十分だ。

「私で、よろしいのでしょうか？」

「あなたがいい。私は、あなたを愛している」

きゃーっと押し殺した歓声が、広間のあちこちから響いてきた。耐えきれずに声をあげてしまったのは、きっと若い令嬢達だろう。ルビーなど、手を打ち合わせてしまっている。

他家のことに口出しはしないものの、アウレリアが不当に扱われていると知っていた者もいる。アウレリアのために喜ばしい出来事であるのは間違いない。

「喜んでお受けします、殿下。私で……よろしければ」

らしくもなく、声が自信なさそうに震えてしまった。最近のアウレリアが、こんなにも自信を失うなんていうのもまた珍しい話だ。

「あなたがいい。あなた以外との人生はもう考えられない――ゼノビア国王、よろしいな？」

「も、もちろんだとも」

声音は優しかったけれど、国王と王妃にしか見えていないエルドリックの表情は、きっと険しいものだったのだろう。

王妃の手が怒りに震えているのを、アウレリアはしっかりと見ていた。

（当てが外れたでしょうね……フィリオス殿下を支えるように私を婚約者にしたのだから）

家の影響力という点からすれば、アウレリアでもリリアンでもたいした違いはなかったかもしれない。だが、アウレリアとリリアンの違いは資質にある。

今まで見せる機会のなかったアウレリアの資質に気づいたのは慧眼だったが、フィリオスを押さえきれなかったのは王妃の失態だろう。

「あ、あなた……フィリオスを支えるはずでは」

そうつぶやいた王妃の声が耳に入った者はそう多くないだろう。他の人達と王族の距離が開いているのは、かわされている会話を聞かれないようにするためでもある。

「王妃陛下、陛下は以前私にこうおっしゃいました。『貴族たるもの、民のために身を捧げるべきだ』と。私は今、その言葉の通りに行動しようと思っているだけです。ベリアンド王国の援助が受けられるか否かで、我が国の未来は大きく変わりますもの」

以前、アウレリアにぶつけた言葉がそのまま帰ってきた王妃は、悔しそうに扇を握る手に力を込めた。

(前、王妃が言ったことをそのまま実行しているだけだもの。文句は言えないわよね)

フィリオスのために身を捧げるのはごめんこうむりたかったが、相手がエルドリックならば文句はない。

エルドリックは、アウレリアをひとりの人間として尊重してくれるだろうし、今まで与えられなかった愛情を惜しみなく与えてくれるだろうから。

「もう、私に構わなければそれでけっこうです。殿下の罪は、他にもありますが——ほら、私が事故にあった時とか」

ちらりと、あの『事故』は裏にフィリオスがいたと知っているのだと告げれば、王妃は顔を青ざめさせた。国王はなにも知らないのだろう。首を傾げている。

「では、今日のところは失礼しようか。これからのことを、いろいろと相談したいんだ」

今までに見たことのないような笑みでエルドリックが言う。アウレリアも、満面の笑みを浮かべた。

——ようやく、彼への気持ちを、堂々と口にできる。

エルドリックに手を引かれ、会場をあとにする。ふたりをとめようとする者はいなかった。

まだ夜会は始まったばかり。

招待客達は、アウレリアとエルドリックが引き上げても、まだ、広間に残っている。好き勝手に帰宅してしまっては、王族の面子は丸つぶれだ。

面白おかしく、今の出来事を口にしているのだろう。それでも、構わない。

フィリオスとリリアンが不適切な関係にあったと、証拠を見せつけるのが今日の目的だったのだから。

「なあ、いいのか？」

「なにがですか？」

「馬車の件。盗賊の裏にいたのがあいつだという証拠があるじゃないか」

アウレリアが療養している間、エルドリックは、その証拠を探し出してくれていた。フィリオスとの連絡係を務めていた男を確保してある。

アウレリアが望めば、証拠も証言も提出できる準備はできていたのだ。

「いいんですよ。ここであの証拠を叩きつけてしまうのはやりすぎです。おめでたい話をした直後ですもの。あれ以上、不愉快な話はしたくなかったのです」

まずは、婚約の解消。

そして、今後もベリアンド王国が援助を続ける条件として、エルドリックとアウレリアの婚約。さらに、フィリオスとアウレリアが今後接触しないことを条件として付け加える。

だが、フィリオスは不貞が明らかになっただけでは大した罪にはならないと思っているはずだ。再び、愚かな行動をするだろう。

「その時、証拠を出してやればいいのです。あの場で出さなかったのは私の温情。次になにかしでかした時、その温情に気づかなかったあの方が愚かと世間はそう見るでしょうね」

アウレリアは慈悲深いわけではない。

フィリオスに徹底的に思い知らせたかっただけ。

アウレリアがあの場で証拠を出せば、罪が確定するまでの間もフィリオスは軟禁されただろうし、罪が確定したならば幽閉決定だろう。さすがに、王族を殺すことはしないはず。

だが、それだけではだめなのだ。徹底的に、落ちるところまで落ちてもらわなければ。

（……今のは、悪すぎる考えかしら）

エルドリックの反応だけが心配だ。

「もし、これでおとなしくなったのならどうするんだ？」

「それなら、それで構いません。少なくとも、この国では今後、肩身の狭い思いをし続けることになるでしょうし。王太子殿下が、いいように取り計らってくださいますわ」

エルドリックは、次代のベリアンド国王だ。

援助がその頃には終わっていたとしても、エルドリックが生きている間は、その恩を忘れるわけにはいかないだろう。

そして、その援助を取りつけたのはアウレリアだし、ゼノビア王国の王太子であるグレゴリーはそれを忘れることはない。グレゴリーとならば、両国の関係は今とは違った形で、さらにいいものになるだろう。

アウレリアが築く明るい未来について、フィリオスが噂を聞いたなら。彼はどんな気持ちになるだろう。それを想像するだけでも十分な気がする。

それが、彼にとって一番辛いことでもあるだろうから。

「殺されかけたからって、殺し返していいとは思いませんから」

「やはり、優しすぎるな」

エルドリックは、アウレリアをそっと側に引き寄せる。胸が高鳴るのを、どうすることもできなかった。

「――リア！　アウレリア！」

だが、そのいい気分をぶち壊しにする声が後ろから響いてきた。

今までずっとアウレリアをいないものとしてきた元父だ。

「侯爵、どうかなさったのですか？」

「お前は――お前は、悪女だ」

彼としては、アウレリアをののしったつもりなのだろう。きっと、彼の愛を望んでいた頃にこの言葉をぶつけられたら立ち直れなかった。

だが、今は違う。もう目の前の男の愛なんて望んでいない。

扇を広げ、くすくすと笑うアウレリアに、目の前の男は怪訝《けげん》な顔になった。

「失礼ですが、侯爵様。それは、私にとって最大の褒め言葉ですわ。だって、私は、悪女になりたかったんですもの」

くすくす。

なおもアウレリアの笑い声は続く。

「でも、あなたが望んだのですよ。リリアンが私を悪女と言って回るのを止めなかったんですもの」

異母妹をのけ者にしているとか、異母妹の友人を奪ったとか、婚約者がいながら不特定多数の男性と遊んでいたとか。わかってくれる人もいたが、アウレリアに関する悪い噂は多かった。

実際、屋敷で開いた茶会にリリアンは入れなかったし、エミリーとクラーラをこちらの配下に引き入れた。

さすがに不特定多数の男性と遊ぶのは無理だったが、フィリオスとの再婚約はあやふやにしたまま、エルドリックと行動を共にしていた。

「皆様が、望んだ通りにふるまっただけですよ、皆、私を悪女にしたかったのでしょう？　あなたもね」

相手は間違いなくそんなつもりではなかっただろうが、アウレリアはにっこりと微笑んだ。

自分の言葉には、責任を持ってもらわなくてはならない。

「ああ、そうそう。侯爵様――今後は、私に近づかないでくださいね？　あなたの娘ではなくなるのですから」

母方の祖父母、レニンダ伯爵が、アウレリアを養女にすると言ってくれている。

レニンダ伯爵家の娘として、エルドリックに嫁ぐのだ。家格としては少々物足りないが、エルドリックならばアウレリアをしっかり守ってくれる。

それに、アウレリアも以前のままではない。ベリアンド王国の王宮でも、できる限りのことはしていくつもりだ。

「……なん、だと」

さんざんないがしろにしたくせに、いざアウレリアが手の届かないところに行くとなると、不安なのだろうか。

視線を巡らせたアウレリアは、手にしていたバッグから、小さく折りたたんだ紙を取り出す。

「侯爵、これを見てもらえます?」

アウレリアから受け取った紙を開いた侯爵は、顔面蒼白になった。そこにびっしりと書かれていたのは数字の羅列。

だが、侯爵はこの数字の羅列がなにを意味しているのか、すぐにわかったのだろう。顔色が一気に青ざめた。

「今、お渡ししたのは、私が掴んでいる情報のほんの一部。証拠は、しっかり持っていますの」

アウレリアの言葉に、侯爵はのろのろとこちらを向く。

今渡したのは、侯爵家が王家に納めるべき税をごまかしている証拠だ。継母とリリアンの贅沢を許すには、脱税してでも金銭を集めなければならなかったのだろう。

「二度と私に近寄らないで。そうしてくださったら、この証拠は表には出しません」

だが、もし、アウレリアに再び近づくようなことがあれば、遠慮なく王家にこの証拠を提出する。そうなった時、侯爵家がどうなってしまうのか。

それは、アウレリアの関知すべきことではなかった。

第八章　こうして悪女は聖女となる

波乱の夜会から十日後。

伯爵令嬢となったアウレリアは、ベリアンド王国へと旅立つことになった。

祖父母と母が存命中から勤務していた使用人以外に見送りはいないが、それでいい。下手に見送られても困ってしまう。

「結婚式には行くからね」

「ええ、おじい様」

祖父と抱き合う。結婚式に招待する身内は、祖父母だけだ。

「真珠の首飾りを贈るから、結婚式ではそれを着けて頂戴」

「ありがとう、おばあ様」

祖母とも抱擁を交わす。

結婚する娘に、真珠の首飾りを贈るという習慣がある。祖母が、母の代わりに選りすぐりの真珠を選んで首飾りを作ってくれるそうだ。

「幸せにします――約束します」

エルドリックは、結婚すると祖父母に挨拶してくれた時のようにもう一度約束してくれた。

アウレリアは、エルドリックを見上げた。

こちらを見下ろす彼の優しい目。アウレリアもまた彼を優しい目で見つめ返した。

「あなたは、幸せにならないとだめよ」

「泣かないで、おばあ様。エルドリック様は、私を大切にしてくださるから……大丈夫」

アウレリアは、祖母を抱きしめた。祖父母とは、これでまたしばらく会えなくなる。もっとしばしば、会いに行けばよかった。

馬車に乗り込むと、祖父母は手を振って見送ってくれる。彼らの姿が見えなくなるまで、アウレリアも手を振り返した。

多数の騎士に囲まれて、ゆっくりと馬車が動き始める。

国を去るというのに、思っていたほど感傷的にはならなかった。胸にあるのは、ようやくこの国を離れられるという安堵だけ。

「ゼノビア王国への援助は、我が王家が責任を持って行う。アウレリアは、向こうの王家には関わらなくていい」

「ありがとうございます、エルドリック様」

アウレリアはそっとエルドリックに身を寄せる。

旅立つ前に、ゼノビア王国側とはいくつかの取り決めをした。

予定していた援助はそのまま続けるが、フィリオスはベリアンド王国の者とは接しないようにという約束も含まれている。もちろん、交渉の場にも彼を出すことはない。

国境を越えてベリアンド王国の王都までは、本来は一週間だ。

エルドリックは身軽にしばしば行き来しているようだけれど、エルドリックの別荘に滞在した時を除き、アウレリアは国を出たことがなかったため、観光しながら行くことになっていた。

見るものすべてが、初めてのものばかり。アウレリアは、そのどれも目を輝かせて見ていた。

時間をとって、それぞれの街を散策し、その土地の名物を食べる。エルドリックと一緒ならばなにをしても楽しくて、幸せだった。

(……受け入れてもらえるかしら)

エルドリックは気にしないと言ってくれたけれど、侯爵家から伯爵家の娘となった。国外の貴族と結婚するならば、せめて侯爵家の娘であることが求められる。

公爵令嬢のルビーが、「我が家の養女になっては?」と提案してくれたけれど、祖父母との縁を切りたくなくて、その提案については丁寧にお断りさせてもらった。

彼女とは、今後もいい関係でいられそうな気がする。手紙のやりとりをしようと約束もした。

ゆっくりと旅を続け、王宮に到着した時、アウレリアは思いがけない出迎えを受けることになった。

「……あなたが、アウレリアお義姉様ね!」

「こら、トーリア！」

アウレリアが馬車を降りるなり飛びついてきたのは、エルドリックの妹であるトーリア王女。

まだ十三歳で、マナーが完璧でなくても多めに見てもらえる最後の年齢だ。

この国では、十四歳になったら社交界に出る準備を始め、大人に準じる扱いとなる。

十四歳を過ぎれば、マナーについてはそれまで以上に厳しく指導されるのがこの国の習わしらしい。

「お義姉様の選んでくれた髪飾り、とても素敵！　毎日つけているの」

その場でくるりと回り、後頭部に挿した髪飾りを見せてくれる。

小さな宝石を多数あしらった髪飾りは、大人になる前の少女にとっては夢のように見えるみたいだ。

王女だから、いい品をたくさん見てきただろうけれど、それは母や王家のもの。

大人になるまでは、本物の宝石は与えられないからこそ気に入ったらしい。

こんなにきらきらとした目で歓迎されるとは、予想もしていなかった。アウレリアの頬も緩む。

「気に入ってくださって、よかったです。トーリア殿下」

「トーリアって呼んでくれないと、嫌」

そんなことを言われても。

歓迎してもらえるのはありがたいのだが、王族を呼び捨てにするわけにもいかない。

「離れろと言ってるだろうに」

エルドリックに引き離され、トーリアは不満そうに頬を膨らませた。

これもまた、王女らしからぬ仕草だ。

だが、彼女が愛されて育ってきたであろうことが伝わってくる。見ている分には微笑ましい。

「……よく来てくださったわね」

次に声をかけてきたのは、四十代後半と思われる女性だった。エルドリックと口元が似ている。母上、と彼が呼んだので彼女が王妃だと知ることができた。

「アウレリアでございます……」

緊張に、声が震えた。今まで、隣の国で、王子の婚約者だったのに。ゼノビア王家の人々と対面した時とはまるで違う緊張感が身を包む。

エルドリックは、皆歓迎してくれるとは言ってくれたが、実際に顔を合わせるまではわからない。けれど、王妃は顔を上げるようにと優しい声で言っただけだった。

「苦労してきたのね。どうぞ、我が家と思って寛いでちょうだい」

「違うだろう、これからは、ここがあなたの家となる。必要以上に気を張る必要はない」

そう言いながら王妃の肩を抱いたのは、エルドリックと目元がそっくりな男性であった。間違いなく彼が国王だ。もう一度、国王への礼を取ろうとすると、彼は手を振った。

「私達は家族になるんだ。そんな儀礼は、ここでは、捨ててしまいなさい。気を張るのは、公の場だけで十分だ」

その優しい言葉に、目元が熱くなる。

こうして、アウレリアはすんなりと、王家に受け入れてもらえた。

生活の場として与えられたのは、国王一家が暮らしている建物の一画であった。エルドリックの隣の部屋で、もう事実上の王太子妃待遇である。

アウレリアの好みの家具で調えられ、居心地のいい部屋だ。そこで手紙を読んでいたら、エルドリックがやってきた。

はぁとため息をつくと、アウレリアの隣にエルドリックも腰を下ろしてくる。

「――どうした？」

「祖母からの手紙です。援助があっても、ゼノビア王国は大変な状況が続いているみたいですね」

アウレリアがいなくなったあと、フィリオスは国王の命でリリアンと正式に婚約を結んだ。だが、今までアウレリアがやっていた政務の下準備。フィリオスはアウレリアがいなくても問題ないと思っていたらしいのだが、リリアンには無理だ。

国内の貴族を招いての宴で、なにやら失敗したらしい。それが数度にわたって続いたものだから、フィリオスから急速に人が離れているようだ。

グレゴリーが、積極的に手を回しているのだろう。以前から、彼はフィリオスをよくは思っていなかった。

王家に対する人々の忠誠心も離れつつあるのだとか。グレゴリーは、これをきっかけに父である国王を退位させるように動いているらしい。

祖父母は、爵位を返上し、財産を持ってこちらに移住しようと検討しているようだ。

「おじい様とおばあ様が来るのなら、おふたりが暮らすための屋敷を用意しよう」

「それは、私が用意します……用意したいの」

ノクスとの共同経営のおかげで、アウレリアの個人的な財産はかなりの額となっている。

アウレリアが財産を引き上げることで、ゼノビア王国を揺さぶることができる程度に。

「そうか。では、俺にできることがあったら言ってくれ。なんでも協力するから」

「遠慮はしませんよ？」

くすくすと笑えば、エルドリックも笑う。こちらの国に来てからは、のびのびと呼吸できるようになった気がする。

「花嫁衣装の準備は進んでいるか？」

「ええ、王妃陛下が紹介してくださった令嬢達が手を貸してくださって」

エルドリックの妃にアウレリアが決まったのを、この国の令嬢達は文句も言わずに受け入れてくれた。てっきり反発されると思っていたが、むしろ喜ばれたのは驚いた。

なんでも、エルドリックに想いを寄せていた令嬢は皆、ばっさりと断られてきたらしい。

そのため、後継者をもうけずにいる方が心配だと、令嬢達も思っていたようだ。そして、紹介された令嬢達はすでに相思相愛の婚約者がいるのだとか。

特に、王妃が選んでくれた『友人候補』達は王妃から厳しく言い含められていたのだろう。アウレリアに対し、不適切な言動を取る者はひとりもいない。

「今度はお茶会に行くんですよ。とても、楽しみなんです！」

茶会に参加したことはあったが、あくまでも王子の婚約者。他の令嬢達と『友人』としての親交を深める機会なんてなかった。

この国に来てからも、王太子の婚約者であるというのは変わらないけれど、この国の人達はまずアウレリアを受け入れようとしてくれている。

「そうか。楽しんでくるといい」

「ええ、できる限り楽しんできます」

結婚式の準備を進めながら、新しい生活に馴染む努力を続ける。

毎日が、新鮮な驚きでいっぱいで、こんなにも幸せでいいのかと思ってしまうほどだった。

そして、努力を続けること半年。結婚式が行われる日が近づいてきた。

エルドリックは毎日忙しく、食事の時間も別々になることが多い。アウレリアも王妃から王族教育を受けているために、それなりに忙しくしていた。フィリオスの代わりにある程度王子教育まで受けていたのがこんな形で役に立つとは。

エルドリックがアウレリアに話しかけてきたのは、そんなある日の夕食の時だった。

「フィリオス王子が、王宮を追放されるらしいぞ」

「そうなのですか？」

元婚約者の名を聞くのは半年ぶりだ。すっかり、彼のことなんて頭から消え失せていた。

彼の名を聞いても、なんとも思わない。しいて言えば、「まだ生きていたのか」が一番近いだろうか。

追放されると聞いたところで「ああそうなのね」で終わりである。

「王太子殿下は、以前からフィリオス王子のことを目障りだと思っていたのは、知っていましたから。やはり、そうなりましたか」

アウレリアが王宮に出入りしていた間、王太子グレゴリーは、フィリオスのあれやこれやのやらかしに、常に眉間に皺を寄せていた。

フィリオスの公務の準備ややらかしたあれこれの後始末はすべてアウレリアにやらせていたのはどうかと思うが、リリアンにうつつをぬかしていたフィリオスとは違い、最低限自分のやるべきことはきっちりとやるタイプである。それ以外は、放置することも多いが。

だからこそ、王妃はアウレリアとフィリオスの婚約を強行したわけだ。アウレリアがいなくなれば、王太子は確実にフィリオスを閑職に追いやるだろうから。

「私と婚約していた頃も、あの方は、そこまで重要な仕事を任されていたわけではないのですが」

アウレリアと婚約していた頃、フィリオスに任されていたのは、国内外から訪れる客人の饗応。だが、それも下準備があってのもの。

そして、その準備はアウレリアが行った。生活習慣や宗教上の理由、体質などで、口にしてはいけないものがあるかもしれない。好みの食事、酒、菓子類、寝具は何色のものを用意するのかも大切だ。

また、国内で誰と引き合わせればいいのか、逆に顔を合わせてはいけない人がいないか、そういったこともアウレリアが調べ、フィリオスの侍従に伝達した。

フィリオスは、それをもとに賓客をもてなしていたのである。

そして、おもてなしの場では、アウレリアか王妃が信頼する家臣がしっかりとフィリオスの側にいて手綱を取っていた。余計なことを話さないよう、うかつになんらかの約束をしてしまわないよう。

美しく着飾らせ、楽しい会話と美味しい酒を出しておけばフィリオスは機嫌がよかった。契約のような面倒なことは家臣が手綱を取っていたわけだ。本当に重要な仕事は任されていなかった。

フィリオスが果たしていたのは場に花を添えることだけ。

もっとも、アウレリアもただでは動かなかった。王妃には内緒で、その調査結果を、機密事項以外はノクスと共有している。

ノクスが商品を献上する時の参考になったし、どんな商品を輸入すればいいのかもそれらの情報から精査できた。

「次は、どう出ると思う？」

面白そうな顔をして、エルドリックが言う。アウレリアは首を傾げた。

「そうですねぇ……」

これから先、ゼノビア王家はますます苦しい立場に立たされることになる。

今まで、フィリオスのためにアウレリアが行ってきた下準備も、受けられなくなった。

それに、ノクス商会も本拠地をゼノビア王国からベリアンド王国に移動しようとしているところだ。

ノクス商会との取引を希望する者は、どんどんベリアンド王国に来ることになる。商会が納めていた税金も、今後は支払われなくなる。

（……ここでフィリオス殿下が打てる手って、あるのかしら）

フィリオスにできることなんて、なにもないと思うけれど。

そう考えていたら、ぽろりと口から漏れていたようだ。笑ったエルドリックは、アウレリアの肩に手を置いた。

「想像もしていないだろうな。アウレリアを取り戻しに来ようとしているぞ、あの男」

「……え？」

長い沈黙のあと、ぶしつけな声が漏れた。アウレリアを取り戻しに来るとはどういうことだ。

アウレリアを先に捨てたのはあちらだろうに。今さら取り戻せると思っているのか。

話を聞けば、エルドリックは以前から手を打っていたようだ。別人を装って、フィリオスに接触して情報を集めていたらしい。

「アウレリアを取り戻せば、自分の国内での立場が改善すると思ったようだな」

「その理屈がまったくわかりません！」

今さらアウレリアを国に連れ戻したところで、どういう形で、アウレリアを使うつもりなのだろう。今までみたいに、フィリオスの陰に隠れているつもりもないのに。

そもそも、あの場で婚約だって正式にお断りした。噂に過ぎなかったリリアンとの不貞の証拠を叩きつけて。

いや、それ以上に、エルドリックの婚約者になっているアウレリアを勝手に連れ戻して、国の間での争いにならないと思っているのだろうか。本気で思っているのだとしたら、どうかしている。

「俺にも、彼がなにを考えているのかまったくわからん」

「……そうですよね」

まともな感性の持ち主なら、この状況でアウレリアを連れ帰ろうとするはずない。もっとも、フィリオスの話をどこからか聞きつけたトーリアは、それを心配しているようだけれど。

（私が思っていた以上に、打撃を与えてしまったのかしら……）

そこまで愚かだとは思ってもいなかった。

あのままおとなしくしているのであれば、あれ以上は手を出すつもりはなかったのに。

「王家に残しておいたのが間違いだったでしょうか」

王宮にいれば、アウレリアが彼らより幸せにやっているのを間近に見聞する機会があると思った。だから、あえて王族からの追放までは望まなかった。

アウレリアとの婚約を破棄してくれれば、それでよかったのに。だが、こちらの計画通りに踊ってくれるというのであれば、それでもいいか。

「だが、それならそれで構わないんだろう?」

「ええ。また、行動を起こすだろうとは思っていましたから」

予想はしていたが、彼らの行動は、アウレリアが思っていた以上であった。ここまで愚かではないと、心のどこかで思いたかったのかもしれない。

「では、お迎えの準備をしようか」

エルドリックがにやりと笑う。アウレリアは小さく息をついた。

ああ、エルドリックも、ここでフィリオスの息の根を止めてしまうつもりなのだ。

「お迎えは、丁寧に行うのですか、多少荒っぽく行うのですか」

「どちらがいい？」

「怪我をしない程度に荒っぽくしましょう。自分が罪を犯したと、まだ認識できていないようですから」

本当に、面白いようにフィリオスは踊ってくれるなんて本人の前で言ったなら、彼は怒りを見せるだろうか。

＊＊＊

自分の部屋に戻ってくると、エルドリックは隣室の扉に目をやった。

アウレリア用に調えた部屋だ。ノクスに命じてアウレリアの好みそうな設えにしてもらった。

『素敵なお部屋ですね！』

と、最初に部屋を見たアウレリアが目を輝かせたのを見て、自分も満たされた気がした。今まで、覚えたことのない感情だった。

（……それにしても）

フィリオスの出迎えはどうしてやろうか。怪我をしない程度に荒っぽくというのは、なかなかの趣向だ。

ソファに座り、足を組んで天井を見上げる。

「お兄様！」

ノックもせずに妹のトーリアが入り込んでくる。彼女はアウレリアのことを非常に気に入っているのだ。だが、ノックもせずに入ってくるのはどういうことだ。

エルドリックが、極秘の書類を自分の部屋に持ち帰るような真似をしていなかったからよかったものの、持ち込んでいたら大変なところになりかねなかった。

「ノックぐらいしろといつも言っているだろう」

「……はぁい」

不満そうな顔をしながらも、一応返事はする。家庭教師に、マナーの復習をしてもらおうと決めた。一人前の淑女として扱われる時期は迫っているのだから、今のままでは困る。

「隣国の方は、お義姉様のこと、後悔しているみたいね」

「それは、お前が気にすることじゃないぞ」

「気にするわよ！　お義姉様、帰ってしまうかもしれないのでしょう？」

どうやら、トーリアは、アウレリアが国に戻ることを懸念しているらしい。

ゼノビア王国を訪れた際、土産ものをアウレリアに見立ててもらったのだが、それだけですっかり懐いてしまったようだ。

不安そうに目を揺らす妹の頭を撫でてやる。後悔したところでもう遅いのだ。アウレリアは、この国で生きていくと決めている。

「大丈夫だ。俺が信じられないか？」

上半身をかがめ、妹の目をのぞき込むと、相手はゆるゆると首を横に振る。なんだかんだいって、彼女はエルドリックを信頼してくれているのだ。

（……それにしても、あの国の王族は）

アウレリアの元婚約者について、考えるのも腹が立つ。

婚約して以来、ずっとアウレリアを酷使し続けた。酷使しただけではない。ありえないやり方で裏切った。

アウレリアが望んでも、戻してやるつもりはない。

（どうせ、そろそろ動き始めるだろう）

こうなるであろうことを見越し、事前に手は打ってある。

最終的に決着をつけるのはアウレリアだが、こちらが多少手を貸してやるぐらいは問題ないだろう。この国を訪れるというのであれば、歓迎の準備をしてやろうではないか。

トーリアが出ていくのを待って、ペンと紙を手元に引き寄せる。いくつかの命令を素早く書き記すと、それぞれ、使いの者を走らせることにした。

＊＊＊

ごくわずかな供だけを連れ、フィリオスは国境を越えた。

胸のうちには、いらだちが募っている。王妃である母が、アウレリアは再婚約を望んでいるが、時期を見計らっていると言ったから、こちらからは接触しなかったのに。

アウレリアを妃に迎え、面倒な仕事をやらせる。リリアンは愛妾として大切にする。そんな未来を夢見ていた。

リリアンには無断で出てきてしまったがまあいいだろう。彼女にはすべて終わってから話せばいい。

（まさか、あれだけいろいろなことに手を出しているとは思わなかった）

アウレリアが婚約者だった頃はよかった。

フィリオスの仕事は、国内外の賓客をもてなすこと。

事前の準備、帰国時に持たせる手土産、そして、晩餐会や舞踏会での話題にいたるまで、アウレリアが婚約者だった頃はスムーズだった。

誰となにを話せばいいのか、判断に迷うこともなく、うかつな相手に近づいてしまうこともなく。

だが、アウレリアがいなくなってから、事態は思ってもいなかった方向に変化した。

葬儀までの三か月間は、フィリオスは仕事を免除されていた。アウレリアがいなくなったのに、華やかな場に出るのはよろしくないだろう、と。

だから、気づかなかったのだ。今まで、賓客に対応する時、どれだけ事前に準備されていたのか。

新たな婚約者となったリリアンは、自分がアウレリアより優秀だと口にしていた。実際、公の場にリリアンを同行させるようになってからひと月ほどの間は、さほど困ることもなかったのだ。

だが、少しずつ変化が起こり始めた。

今まで満足してくれていた賓客が、不満の声を漏らすようになった。もちろん、王族であるフィリオスの耳に直接彼らの声が届いたわけではない。

だが、使用人達の間で囁かれる噂。帰りの挨拶の時、今までよりそっけなく思えたのは気のせいではなかった。

（異母兄上も、失望したようなことを言っていたしな……）

王太子である異母兄には、注意するようにと母から言われていた。異母弟であるフィリオスを王族から追いやろうとしている、と。

だが、フィリオスは王妃の息子だ。そんなことはできるはずがない。

いや、できるはずがないと思っていた。

このところ、フィリオスの側に集まる人の数がどんどん減っているのを実感していた。なぜ、とかどうして、とか考えても始まらない。

ついには華やかな王宮を離れ、辺鄙《へんぴ》な地で過ごすように命じられてしまった。

（とにかく、アウレリアを連れ戻さなければ——そして、俺の仕事を手伝わせる。彼女だって、慣れない外国での暮らしより、母国で暮らす方がいいだろう）

フィリオスは想像すらしていない。今のアウレリアが幸せを覚えていることなど。

お忍びで国境を越えるのも珍しいことではない。こんな時のために、あの女に情報を流していたのだ。

ひとまず、あの女の主に接触する。そして、アウレリアを連れ出す手伝いをしてもらおう。

フィリオスがエルドリックを追いやるのに協力したら、見返りを用意すると言っていた。その見返りの前払いだと思えばいい。

頭の中では、フィリオスにとって都合のいい妄想が繰り広げられていた。その妄想を現実のものにできるかどうかは関係ない。

「……殿下、お疲れでしょう」

深夜、ひそかに訪れた協力者の屋敷で出迎えてくれたのは、フィリオスと彼女の主との連絡係を務めている女だった。

長旅をしてきたフィリオスをいたわり、すぐに浴室を用意してくれる。

「軽食とお飲み物も用意しておきます。ゆっくり、寛いでくださいませ。主は、明日の朝にはお目にかかれるでしょう」

丁寧に一礼して下がった侍女を見送り、フィリオスは心の中でつぶやいた。

（……美人ではないが、感じは悪くない）

いかにも高貴な身分の者に仕えているらしいてきぱきとした仕草。よく教育された侍女である。

アウレリアを取り戻すことができたら、彼女にはきちんと礼をしよう。

浴室の湯は適温で、浴槽には香りの高い香油が混ぜられている。湯につかって、長時間の乗馬による疲れをほぐしている間にも、眠気を誘うような花の香りが立ち上ってくる。

世話係の男が、柔らかなタオルで水滴を拭い、寝間着を着つけてくれる。王族として生まれたために、こうやって世話を焼かれることになんの疑問も抱いていなかった。

寝間着の上からガウンを羽織り、寝室へ入ると、そこには夜食が用意されていた。柔らかな肉を挟んだサンドイッチとチーズ、それに果物少々とワイン。

「……美味いな」

遠慮なく用意されていたワインを口に運ぶ。ワインは最上級のもので、チーズとよく合う。サンドイッチも、適度に香辛料で風味を添えてあるからか、疲れた身体にもするりと入った。きっと、酒精と香辛料で食欲をそそられたのだろう。

それだけではない。ワインも、フィリオスの好みに完璧に合っている。どうやら、この屋敷の主は、フィリオスをとても大切に扱ってくれるつもりのようだ。

疲れた身体に栄養を補給すれば、あっという間に眠気がやってくる。

大きく欠伸をして身を横たえた寝具もまた、最上級のもの。

（明日からは忙しくなる……な……）

フィリオスは、眠気に逆らうことなく目を閉じた。

翌朝には、長旅の疲れも、よく食べゆっくり休んだことで完璧に解消していた。

ベッドまで運ばれてきた朝食もまた、昨日の夜食同様、フィリオスの好みのものだった。美味しそうな色に焼き上げられたパンケーキ、蜜とジャムが添えられている。

季節の野菜を使ったサラダに、スープ、新鮮な果物。飲み物はコーヒーだ。

勝負をかける日には、糖分をしっかり補給するところまで知っているらしい。この屋敷の主は侮れない相手だ。

（ゼノビア王国では用心して、顔を合わせなかったぐらいだからな……）

今朝、食事を持ってきたのも昨夜出迎えた女だった。どうやら、彼女はフィリオス専属ということになっているらしい。

あれほどてきぱきと、こちらの要望を口に出さずとも察してくれる侍女は、どこに行けば見つけることができるのだろう。誘ったら、フィリオスのところに来てくれるだろうか。

「主が、到着いたしました。応接間までお越しくださいませ」

どうやってか、昨夜のうちに主をここまで呼んでくれたようだ。本当に気がきいている。

王族らしいところを見せねばと、持参の衣服に身を包む。王族としての正装ではないが、華やかな品だ。ひそかに会うのだから、正装で着飾る必要もない。

「では、殿下。私は失礼いたします」

丁寧に一礼した侍女が去る。だが、応接間は無人だった。

（……待たせるつもりか？）

主も、フィリオスに会うために身なりを改めているのかもしれない。

だが、こちらを待たせるだなんて――と、ソファに座って待っていたら、ノックもせずに扉が開かれた。

「フィリオス王子、我が国には接触しない約束だったはずだが？」

「――なっ！」

座ったばかりのソファから飛び上がってしまった。そこにいたのは、エルドリックだった。

王都にいるはずの彼が、なぜ、ここにいるのかがわからない。それも、そんなにしゃっきりとした格好で。

「俺がここにいるのがそんなに不思議か？　不思議じゃないさ。ここは俺の屋敷だからな」

「嘘をつくな！」

飛び上がった勢いそのままに、エルドリックにくってかかる。アウレリアを取り戻そうとしているフィリオスに、なぜ、エルドリックが協力しようというのだ。

目まぐるしく頭を回転させ、ようやく気が付いた。

「お前も、アウレリアが邪魔になったというわけか。自分は賢いという顔をして、さんざんひっかきまわす女だからな」

「――は？」

事実を口にしただけなのに、エルドリックのまとう空気が重苦しいものになる。低い声で吐き出され、フィリオスは再び飛び上がった。

「なにを言っているんだ。お前は俺の手の内で踊っていただけだぞ？　どうせ、アウレリアに接触するだろうと思っていたからな」

エルドリックの背後から、ひょっこりとアウレリアが顔をのぞかせる。その顔に浮かんでいるのは、言葉の通り呆れ果てたと言っているような表情だった。

「エルドリック様……私もまだまだ甘かったようです。国同士の約束を、王子殿下がこんなにも簡単に覆すなんて。ここまで愚かだとは思ってもいませんでした」

「アウレリア・デュモン！　お前――」

立ち上がり、アウレリアに掴みかかろうとする。

思えば、最初から気に入らなかった。いつでも、一段高いところから見下ろそうとしてくるこの目が。

いっそ、ここで殺してやろう——瞬時に頭に血が上り、ここにはふたり以外の人間がいるのも忘れていた。

ソファを一気に飛び越え、右手を振り上げる。アウレリアは、目を大きく見開き、動くこともできないみたいだった。

ざまぁみろ、と頭のどこかで思った時——横から、すさまじい勢いで殴り飛ばされた。軽々とフィリオスの身体は宙を舞い、床に叩きつけられる。

「——な」

自分が、今、置かれている状況が信じられなかった。

床に惨めに尻もちをつき、アウレリアをかばうように前に出たエルドリックと、呆れたといったように口に手を当てたアウレリアを見上げている。

見下ろすのは、こちらのはずだった。アウレリアなんて、ちょっと強く出ればこちらには反論できなくなるはずだった。

どうして、こうなったのだ。

「送り返すつもりだったが、もう一度、ゼノビア王宮まで行かねばならないようだな」

「それは、それで面倒ですね……」

ふたりは、まったくこちらを気にせずに話を続けている。それを見ていたら、どうしようもなく腹立たしくなった。

声をあげれば、こちらに向けられたのは、虫けらを見るような目。

「ふざけるな！　俺は――――！」

今度はエルドリックに飛びかかろうとするが、その手を掴まれ、ぐいっと背後に回される。

痛い、と思う間もなく、床に顔を押しつけられていた。ぎりぎりと反対側の腕も背中に回され、手際よく、その場で拘束されてしまう。

信じられなかった。今、自分が置かれている状況が。こんな形で、王の息子を拘束するなんて。

「――まあ、これは……？」

いったん、部屋の外に出ていた侍女が、騎士を連れて戻ってくる。みっともない姿をさらしているフィリオスを見た彼女は、目を丸くした。

「自分がなにをしたのか、まったくわかっていないらしい。愚かなものだ」

「……あら」

侍女にまで、呆れたような目で見下ろされる。使いに来た時や、昨夜出迎えた時とはまるで違う目。屈辱だった。

「ルイーゼ、あなたこの方のお世話をしたの？」

「ご入浴のお手伝いは、男性に任せましたが、それ以外は私が」

「まあ……大変だったでしょう。わがままな方ですもの」

それ以上、フィリオスにはかまわず、アウレリアと侍女は勝手に話を始めてしまう。いや、フィリオスの存在なんて、目に入れてないのかもしれない。

「俺は、王子だぞ！　王子に対する対応ではないぞ！」

「王族同士の約束を先に破ったのは、そちらだろう――ゼノビア王国に対する援助、手を引かせてもらった方がよさそうだな」

フィリオスはわめいたが、エルドリックの言葉に、顔から血の気が引くのがわかった。

ゼノビア王国が危機的な状況にあることが、頭から抜け落ちていた。

ベリアンド王国からの援助によって、持ち直せるだろうと家族が話しているのを、頭のどこかでは認識していたのだ。

――けれど。

それが、フィリオスの行動によって、取り消しになろうとしている。

国に帰ったところで、この状況ではどうにもならないだろう。

異母兄の顔が浮かぶ。彼もまた、呆れたように首を振るのだろうか。それを思えば、背筋が冷えた。

「この場で首を落としてやろうか？」

「なんだとっ――貴様、俺を誰だと思って」

「隣国の王子——いや、もうすぐ元王子、か？　いや、王子がこんなところにいるはずないのだから、盗賊としてやはり首を切って」

とんでもないことを言い出すものだと、今さらながらに後悔していたら、そっとエルドリックの腕にアウレリアが手を置いた。

「そこまでにしておきましょう、エルドリック様。余計な殺人をする必要はありません」

アウレリアが命乞いをしている。フィリオスの命乞いを。それだけで、勇気が湧いてくるような気がした。

けれど、それが優しさから出たものではないということを、この時のフィリオスは理解していなかった。

「そうか、アウレリア。お前は俺を愛して——そうか、それなら戻ってこい。今なら、お前を妃にしてやってもいい」

と、調子に乗ったことを口にしたら、こちらを見るアウレリアの視線が絶対零度の冷気を帯びる。

「お断りしますわ。あなたを殺さないのは、どんな人であれ殺すのを私が好まないから、というだけの理由です。国に帰って、自分の行いの報いを受けてくださいな」

生きている方が辛いかもしれない、と重ねて囁かれ、フィリオスは言葉を失う。

エルドリックとアウレリアが微笑みあうのを、ただ、見つめることしかできなかった。

＊＊＊

先にフィリオスはゼノビア王国へと送ってもらい、快適な馬車でエルドリックとアウレリアもあとを追う。

（……こんなに早く戻ってくることになるとは思っていなかったわ）

デュモン侯爵家に足を踏み入れることなく、アウレリアは王宮に入った。

先発した者達が、前回エルドリックが滞在していた建物を借り受け、そこを王太子とその婚約者が滞在するのにふさわしい場所になるようきちんと整えてくれている。

王族と対面する時用の服もすべて先に運ばれていて、アウレリアは準備されていたそれを身に着けるだけでよかった。

（すっかり、黒を身に着けることが増えたわね）

アウレリアが戻ったことを公表した葬儀の時のイメージが強いのか、それとも、悪女らしさの演出か。エルドリックは、ここぞという時、アウレリアに黒を身に着けさせたがる。

もちろん、アウレリアの方もそれに異存はない。

繊細なレースを贅沢にあしらい、アウレリアの身体にぴたりと合うよう仕立てられたドレスは、肌の色によく合っている。

ほんの少し、濃い紫色のレースが使われているのもまたポイントだ。

いつもより、ややきつめに化粧を施す。黒のドレスと対比的な唇の赤。鏡の前でわずかに口角を上げてみる。

（うん、問題ないわね）

少なくとも、鏡の前にいるアウレリアはとても強そうだ。いつかは、強くなりたいと願っていた――着るもので、気持ちもこんなに変わるらしい。

エルドリックとホールで落ち合い、ゆっくりと広間に足を踏み入れる。

まるで、あの時のようだった。

大聖堂の扉が開かれ、中に足を踏み入れた瞬間。

一歩歩みを進める度に響くヒールの音。しんと静まり返った広間は、あの時の様子を思い起こさせるには十分だった。

「緊張しているか？」

「少しもしていません」

エルドリックと、目を合わせて微笑む。

あの日はひとりだったけれど、今は隣にエルドリックがいてくれる。ひとりじゃない。

一歩、踏み出す。

カツン、とヒールの音が響いた。エルドリックの腕を借り、ゆっくり歩みを進める。

集まっている貴族達の目が、こちらに集中していた。

通りすがりに、侯爵夫妻とリリアンがいるのを視界の隅で確認する。二人と目を合わせることはなかったが。

エルドリックとアウレリアが、近づいてくるのを、ゼノビア国王は立って待っていた。こちらに従うという意思を表しているかのように。

そして、その横にはグレゴリー。具合でも悪いのか、王妃は、この場にはいなかった。

「……ゼノビア国王。王族の約束というのは、ないがしろにしていいものなのか？」

ふたりの前まで進んだエルドリックは、ただ、そう口にする。ゼノビア国王の手が震えているのが、アウレリアにはわかった。

「――そんなことはない。約束は守られるべきものだ」

「だが、フィリオス王子はその約束をたがえた。我が国からの援助、なかったことにしてもらおう。そういう約束だからな」

「――そんな！」

国王は、絶望した声をあげた。

最後に見た時よりも、一回りも二回りも小さくなってしまったように思える。

援助がなくなったところで、すぐにこの国が崩壊することにはならないだろうが、国力が落ち、民が苦しい生活を送ることになるのは間違いない。

「先に約束をたがえたのは、そちらだろう？　フィリオス王子には、こちらの国には二度と関わらせないようにと言ったはずだが」

「……それは、そうだが」

「父上。だから言ったのですよ。もっと厳重にフィリオスを見張っておくべきだと」

グレゴリーの顔には、疲れの色が浮かんでいる。アウレリアがいなくなってから、フィリオスの後始末を押し付けられることも多かったのだろう。

先に護送されてきたフィリオスが、ベリアンド王国の騎士によって、ここまで引きずり出される。両手を拘束された彼は、声をあげた。

「お前の、お前のせいだ！　お前が、俺のすべてを奪った」

「うるさいですよ、殿下」

はぁ、とアウレリアはため息をついた。広げた扇の陰で、それはもう優雅に。

「私、最初からこちらの王国の方は、約束を最後まで守る気はないと思っていたのです。ですが、心のどこかではまだ守ってくださるのではないかと……そんな期待をしていたのですけれども」

情けないと示すように、もう一度ため息をついてみせる。フィリオスに投げかける視線は、それはもう冷たいものだった。

「フィリオスは、後継から外す！　僻地に押し込めるともう決めている！」

慌てた様子で、国王が叫ぶ。

「ひとりでか？　たしか、婚約者もいたはずだが」

そのアウレリアの隣で、ぼそりとエルドリックが付け足す。

「……もちろん、婚約者も連れていってもらう」

一瞬返事につまった国王だったけれど、すぐに気を取り直したようだった。

「リリアン・デュモン侯爵令嬢！　こちらへ！」

国王が声を張りあげると、しぶしぶといった様子で、リリアンが前に出てきた。

「陛下、わ、私は……」

目に涙を浮かべ、ぶるぶると震えながらリリアンはゼノビア国王を見つめていた。同年代の令息達なら通じていたかもしれないが、リリアンのこの手は大人には通用しない。

「フィリオスと共に行ってくれるな？　侯爵、それでいいな」

「お父様、助けて！　嫌よ！」

ここに多数の貴族が集まっているのも、リリアンはまったく気にしていないようだ。なりふりかまわず侯爵に縋りつくが、侯爵はため息をついただけだった。

「リリアン。殿下との婚約を望んだのはお前だろう」

「嫌よ！　そんな！」

「黙れ！　お前も貴族だろう！」

デュモン侯爵の鋭い声が響く。父からそんな風に声を荒げられたことはないのだろう。目にいっぱい涙をためたリリアンは、それをぼろぼろと流し始めた。

「お異母姉様！　あなたは……悪女だわ！　なんてひどいことをするの！」

異母妹に、真正面から『悪女』と言われたのは初めてだ。正直なところ、悪い気はしない。

「あなたが言ったのでしょう？　私は、あなたをいじめるひどい異母姉だ、悪女だって。私はあなたの望みをかなえただけ」

以前、侯爵にも同じ言葉を告げた。

（自滅してくれるだろうとは思っていたけれど）

人前で恥をかかせてやろうと思っていたが、ここまで醜態をさらすとは。

「では、それでよろしくお願いしますね――そうそう、ベリアンド王家は、こちらの国に援助をしないと決めたそうですが、私個人が援助する分には構わないそうですので」

パチリ、と広げた扇を閉じて微笑んだ。

「できる限りの援助はさせていただきますわ。詳細については、のちほどじっくりとお話をしましょう」

アウレリアの名を呼ぶ声が聞こえたけれど、聞こえないふりで身を翻す。もう、フィリオスに振り回されるのはごめんだ。異母妹にも。

数日後、改めて協議の場が開かれた。

アウレリア個人で援助をするといっても、内容についてはあらかじめ定めておく必要がある。

国王とグレゴリーに宰相、そしてエルドリックとアウレリアの五人で、多数の書類が乗せられたテーブルを囲む。

いざ話を始めようとしたところで、エルドリックが囁いた。

「いいのか？　かなりの額になるが」

「私個人の資産ですもの。よろしいでしょう？」

エルドリックの問いに、アウレリアは肩をすくめる。どれだけの額をどんな形で援助するのか、こちらで決めさせてもらった。

「ノクスが頭を抱えるのが目に見えるようだ」

と、エルドリックは苦笑い。

なにを話しているのかまったく理解できていないゼノビア王国の面々の前に、アウレリアは援助の額を書いた紙を滑らせた。

援助の使い道も、こちらで決めさせてもらった。ゼノビア王国の者を完全に信じる気にはなれない。

「……アウレリア嬢、本当にいいのか？」

「条件付きにはなりますが、構いませんわ」

アウレリアが提案したのは、今後五年間の資金援助である。アウレリア個人の財産ではあるが、財産の管理を任せているノクスにとっては、頭を抱えたくなる金額だろう。

もちろん、商会の運営費とは別に管理しているものだから問題ない。それに、当面アウレリアの個人資産が必要になることはないはずだ。

エルドリックと結婚すれば、アウレリアの生活にかかる費用はすべてベリアンド王室が負担することになる。

「ただ、こちらの王室の方に自由に使われては困りますので、管理する人員もこちらから送ります」

当初決めていたように不作にあえぐ農村には、新たな技術者と金銭を。追加で医療関係には、医師と金銭を――といったように、単なる金銭援助に終わらず、それを適切に活用できる人員とのセットだ。

援助とはいえ、ゼノビア王国への貸しとなる。返済は、十年後からの始まりだ。アウレリアの子供の時代になったら大いに活用できるだろう。きちんと返済されれば、だが。

「あんなにいろいろあったのに……個人の財を出してもらえるとは」

「アウレリア嬢は、まるで聖女のようですな」

国王と宰相が口々にうなずき合う。いい気なものだ。アウレリアの悪評が広まっていた時には、なにもしなかったくせに。

ため息をついたグレゴリーは、国王と宰相をじろりと見た。けれど、ふたりは理解していないようだ。

だから、ちくりと言ってやる。

「あら、私のことは悪女と言う方も多いようですが」

アウレリアが肩をすくめると、気まずそうな顔になる。異母妹にまで悪女と言われたのだ。今さら怖いことはなにもない。

「悪女でも聖女でもいいではないか。我が国は、アウレリア嬢に感謝する。私個人も、あなたを裏切らないと誓おう」

そう口にしたのはグレゴリーだ。彼だけは、状況を完璧に理解しているようだ。

こうして、悪女は聖女になった――聖女になりたかったわけではないが、好きなように呼べばいい。

いろいろな話し合いが終わったあと、廊下に出るとそこに侯爵が立っていた。最後に見た時より、ずいぶん老け込んでいる。

「アウレリア」

「あなたと話すことはありませんわ」

先に手を離したのは、侯爵の方だ。

「リリアンは、フィリオス殿下と領地へと出発した」

領地といっても、王都から一か月もかかるような田舎である。領地を治めるという名目ではあるが、フィリオスは領地から外に出ることはできないと決められた。

それは、リリアンも同じ。王都から人を招くことは許されているらしいけれど、一か月も旅をして、田舎に行きたい人がどれだけいることか。

「そうですか」

それを聞いても、なんとも思わない。愛し合っているのだから、生涯共に暮らせばいい。

「私の娘は……もう、お前しか」

「娘ではありません。あなたが、私を見てくれたことがありましたか？　あなたの娘はひとりだけ、私は赤の他人です」

あの時、脱税の証拠を持っていると教えてやったではないか。なのに、まだアウレリアの情に縋ろうとするとは、よほど現実が見えていないらしい。

「行きましょう、エルドリック様」

「アウレリア！」

侯爵がアウレリアを呼ぶが、聞こえていないふりをする。侯爵の自業自得というものだ。先にアウレリアを捨てたのは、彼だ。

聖女と呼ばれるようになった娘との繋がりを断たれた彼は、どう思うのだろう。だが、それもまたアウレリアの感知すべきところではなかった。

エピローグ

もう秋もだいぶ深まり、ベリアンド王宮の庭園にある木の中には赤や黄色に葉の色を変えているものも多い。

それでも、日当たりのいいサンルームは、ぽかぽかとしている。

「ようやく、終わりましたね」

アウレリアの手にあるのは、ノクス商会の商会員が送ってきた手紙だ。

商会の本部は、ゼノビア王国を離れ、ここ、ベリアンド王国の王都に移っている。

それでも、ゼノビア王国内での取引を完全に停止したわけでもないので、以前は商会本部だった場所が、今はゼノビア王国支部として残されているわけだ。

「手紙にはなんと？」

優雅に銀のティーカップを口に運んだエルドリックは、カップの縁越しにこちらを見つめてきた。肩をすくめたアウレリアは、手紙をエルドリックの方に滑らせた。

あれ以来、アウレリアは一度も母国に戻っていない。あの国には、アウレリアの家族はいないからだ。もう、祖父母もこちらの国で暮らしている。

かつて、父と呼んだデュモン侯爵は、娘をふたりとも失った衝撃からか、病に倒れたそうだ。

あの侯爵がその程度で病に倒れるなんて不思議な気もするけれど、意外と打たれ弱いのかもしれない。

真正面から、彼に歯向かおうなんて人はいなかっただろうし、アウレリアが反旗を翻すなんて想像もしていなかっただろうから。アウレリアに接触してきたので、グレゴリーに証拠を渡しておいた。

「見舞いに行くか？」

「まさか。あの方は他人ですよ？　親族でも友人でもないのにお見舞いなんて」

余命いくばくもないらしいとも手紙には書かれていたが、驚くほど気持ちが動かなかった。アウレリアの中ではもう完全に終わったことになっている。アウレリアの肩越しに、エルドリックは文面を覗き込んだ。

「ふーん……あのふたりは、結婚したのか」

「真実の愛だもの。結ばれて当然でしょう？」

フィリオスとリリアンは、領地で結婚したそうだ。出席者もろくにいない寂しい式だったようだ。

リリアンは華やかな社交界から追いやられるのにだいぶ抵抗したらしいが、先に真実の愛と口にしたのは彼女達の方だ。

王都から遠い場所で、パーティーを開いたり招待されたりする機会も少なくなるだろうが、真に愛する人が隣にいるのだから、華やかな生活が送れなくても文句は出ないはずだ――というのは建前だ。

あのふたりのことだ。

たがいに責任を擦りつけ合い、ののしり合うのだろう。それでも共に生活していくしかない。ふたりの結婚は、王命によって結ばれたものだから。

彼らがどうなるのかはわからないが、真実の愛で結ばれているふたりだ。いずれ、幸せになる――いや、それは難しいか。

「私も、性格が悪くなりましたね……あのふたりは、生きている間、ずっと後悔し続けるのでしょう」

あの時、過ちを犯したと後悔しながら、生きていくしかないのだ。

その後悔こそが彼らにとっては最大の苦痛。

折に触れて、アウレリアの近況が彼らのところに届くように手配してある。このぐらいは許されるだろう。

一瞬の苦しみより、生涯の苦痛。より長く苦しめる方が悪女らしいだろう。

「王妃は、病に倒れたそうだな」

「……ええ」

おそらく、毒物を盛られたのだろう。殺さずに、病気にする程度の毒を。グレゴリーが手を打ったのだと思う。あの国王ではなさそうだ。

「お義姉様、お兄様、ちょっといい？　ノクスの持ってきてくれた新しい腕輪、私が先に見てもいいって本当？」

サンルームに駆け込んできたのは、トーリアだ。

アウレリアが働いていた店にエルドリックが土産物を求めてやってきたのは、彼女のため。

彼女がいなかったら、この結婚はなかったかもしれないと考えると、ある意味頭の上がらない相手だ。

「私はもう十分持っているから。好きなものを先に選んでくださいな」

「ありがとう、お義姉様！」

ぴょんと抱き着いた彼女は、あっという間に走り去ってしまった。

「こら、トーリア。ばたばたするなと言っただろう！」

エルドリックが言うが、間違いなく彼女の耳には届いていない。少々申し訳なさそうに、エルドリックはアウレリアに目を向けた。

「あいつが先でいいのか？」

「いいですよ。全部、トーリア様が使ってくださってもかまいません。私は、あなたにいただいたもので十分です」

アウレリアは微笑む。

さて、そろそろ次の仕事にかかろうか。

結婚式の招待状を、花嫁自身の手でしたためるという大切な仕事が残っている。

（……大丈夫、私は幸せ）

立ち上がったアウレリアは、エルドリックの方に歩み寄る。

「さて、私達もそろそろ行きましょうか」

今、休憩はしたが、本来まだやらねばならぬことがたくさんあるのだ。

彼の頬に口づけると、彼は柔らかく目を細める。その表情に、アウレリアは新たな幸せを予感したのだった。

END

あとがき

昨年に続き、今年も【極上の大逆転シリーズ】に執筆させていただきました。雨宮れんです。

昨年の春、「夏はざまぁのシーズンです」という当時の担当さんの言葉から、このシリーズに関わることになったのですが、まさか今年も書かせていただけるとは思ってもいませんでした。

本作の主人公アウレリアは、一度死を間近に感じたことで、自分の生き方を見直すことになります。エルドリックがいなかったら、身を隠すだけで終わったかもしれませんね。

そして、昨年はクズな夫にざまぁでしたが、今年のざまぁ対象は幅広いです。

元婚約者はもちろん対象ですが、父に異母妹に（継母は空気）、王妃まで。国王にも微妙にざまぁがいっているかもしれません。国王に対しては、主にグレゴリーが動いているような気もしますが。

今後は、アウレリアもエルドリックに溺愛されて、幸せを満喫するはずです。アウレリアに飛びつくトーリアとそれをたしなめるエルドリックという構図は、しばらく変わることはないでしょう。

さて、今回のイラストは鈴《すず》ノ《の》助《すけ》先生にご担当いただきました。「今回冒頭が主人公のお葬式だし、カバーイラストが喪服っぽい黒とか紫のドレスだったら、インパクトあると思いませんか?」と、担当編集者様に提案してみたのですが、想像以上の美しさ! きりっとしたアウレリアのまなざしも素敵です。

そして、挿絵! エルドリックはもちろん素敵なのですが、アウレリアのいろいろな表情が見られて最高でした。お忙しいところをお引き受けくださり、ありがとうございました。

担当編集者様、今回も大変お世話になりました。今回は、いつも以上に修正が多くてご迷惑をおかけしましたが、今後もどうぞよろしくお願いします。

ここまで読んでくださった読者の皆様にも、心よりお礼申し上げます。

ご意見ご感想、お寄せいただけましたら幸いです。ありがとうございました。

雨宮《あまみや》れん

ならば、悪女になりましょう
～亡き者にした令嬢からやり返される気分はいかがですか？～
【極上の大逆転シリーズ2024】

2024年9月5日　初版第1刷発行

著　者　雨宮れん

発行人　菊地修一

発行所　スターツ出版株式会社

〒104-0031　東京都中央区京橋1-3-1　八重洲口大栄ビル7F
TEL　03-6202-0386（出版マーケティンググループ）
TEL　050-5538-5679（書店様向けご注文専用ダイヤル）
URL　https://starts-pub.jp/

印刷所　大日本印刷株式会社

ISBN　978-4-8137-9360-1　C0093　Printed in Japan

［雨宮れん先生へのファンレター宛先］
〒104-0031　東京都中央区京橋1-3-1　八重洲口大栄ビル7F
スターツ出版（株）　書籍編集部気付　雨宮れん先生